2024 동국문학인회 시화전
시화집 『떠도는 자의 노래』 발간

2024
동국문학인회 시화전
시화집 『떠도는 자의 노래』 출판 기념

■ 일시 : 2024년 9월 30일 월요일 17시   ■ 장소

▲ 석조전 앞 걸개 시화전

동국문학인회 시화집

떠도는
자의 노래

신경림 외

샘토라인

2024 동국문학인회 시화전

김경애 박범문 이혜선
김인숙 박소연 이희경
김상열 박한길 임보선
김서일 박인욱 임정숙
강경은 박종길 장정우
고미경 박찬운 정민나
고영섭 박형준 정시화
공광규 배효준 정숙차
권성희 서정란 정무림
김금용 서정예 정연서
김미연 석연경 정재물
김보선 신경림 정지운
김보희 심봉구 정혜성
김심미 엄은초 조미경
김선아 윤고방 조병무
김혜숙 윤재웅 조해주
김문환 은이정 주선미
김유자 이기슨 지연희
김용숙 이명지 차해복
김용호 이선년 차상우
김창치 이선희 채상무
김현리 이송희 최병호
품사영 이여진 최민초
리 선 이영은 허정자
문형선 이아영 홍신선
문효치 이임기 휘 민
박금성 이정현

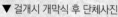
▼ 걸개시 개막식 후 단체사진

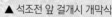
▲ 석조전 앞 걸개시 개막식

2024 고창 미당문학제

▲ 고창 미당문학관 토크쇼 진행

▼ 미당문학제에 참석한 문인들

▲ 미당문학관 걸게 시화전

▲ 국문·문예창작학과 대학원생들과의 연합 갯벌체험

제37회 동국문학상 시상식 및 총회

▲ 제37회 동국문학상 수상자 박소란 시인   ▲ 수상소감

▲ 동국문학상 시상식 후 단체사진

떠도는 자의 노래

신경림

외진 별정우체국에 무엇인가를 놓고 온 것 같다
어느 삭막한 간이역에 누군가를 버리고 온 것 같다
그래서 나는 문득 일어나 기차를 타고 가서는
눈이 펑펑 쏟아지는 좁은 골목을 서성이고
쓰레기들이 지저분하게 널린 저잣거리도 기웃댄다
놓고 온 것을 찾겠다고

아니, 이미 이 세상에 오기 전 저 세상 끝에
무엇인가를 나는 놓고 왔는지도 모른다
쓸쓸한 나룻가에 누군가를 버리고 왔는지도 모른다
저 세상에 가서도 이 세상에
버리고 간 것을 찾겠다고 헤매고 다닐는지도 모른다

코카서스 할아버지의 도서관

표정이 자주 흔들리는 문을 열고 들어간다

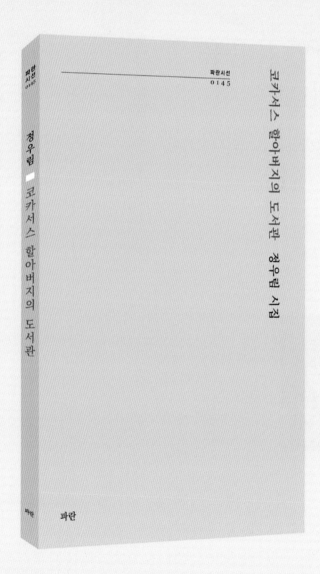

코카서스 할아버지의 도서관 | 정우림 | 파란시선 0145 | (주)함께하는출판그룹파란 | 2024년 8월 15일 발간 | 128×208㎜ | 129쪽 | 정가 12,000원

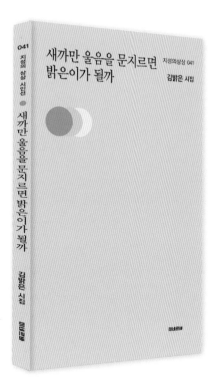

지성의상상

041

새까만 울음을
문지르면
밝은이가 될까

김밝은 시집

　　김밝은 시에서 사유의 세계는 매우 절절하다. 아마도 그의 경험 세계에 아
픔이 자리 잡고 있으면서 삶의 굽이굽이에서 돋아오르기 때문이 아닐까 한
다. 그러나 시인은 담담한 어조로 시를 엮어내고 있다. 감정을 절제하고 발
효시키는 능력이 탁월하다. 그의 시가 격조를 유지하고 있음은 그런 까닭일
것이다.

　　김밝은 시인은 가버린 시간을 현재로 끌어들이거나 늘여내어 눈앞으로 가
져오기도 한다. 이 또한 그의 상상의 힘이 그만큼 장대함을 의미한다.

　　신선한 시각으로 사물을 대하면서 내면의 본질을 들여다보고 참신한 언
어 감각으로 조탁하여 다듬어냄으로써 그 특유의 언어 미학적 성과를 잘 거
두어 냄도 그의 장처라 할 수 있다. - 문효치 (시인, 미네르바 대표)

지성의상상 041 『새까만 울음을 문지르면 밝은이가 될까』 | 김밝은 시집 | 미네르바 | 국판변형 | 값 12,000원
서울특별시 종로구 운니동 65-1 오피스텔월드 802호 | 전화 02-745-4530 | E-mail_minerva21@hanmail.net

동국시집 51호

이 길이
선물이
아니라면

문학의 근원적 영향력을 믿는다

김금용(동국문학인회 회장)

음력 12월에 피는 납매臘梅를 한 번 본 적이 있다. 영하권의 추위를 견디고 눈 속에서 피어나는 설매여서인지 향기가 나를 휩싸고 내 뒷등을 잡았던 기억이 생생하다.

작금의 문학도 이 같아야 하지 않을까 싶다. 경쟁에 지치고, 황금만능주의에 설 곳 없어진 현대인들의 상처 난 눈과 귀를 씻겨주는 것이 문학의 출발이다. 견딤과 기다림 없이, 삶의 애환이나 우여곡절 없이는 작은 들꽃 하나도 피어나지 않는 것이다.

"대리석으로 빚었든, 도금된 것이든, 군주의 기념물이 힘 있는 시보다 더 오래 살아남을 순 없을 거야" 셰익스피어의 「소네트 55」에 나오는 구절처럼 문학은 모든 권력 위에 있다.

최근 한강 작가의 노벨문학상 수상 소식은 한국인들 모두에게 특히 가난한 문인들에게 자긍심을 주고 펜을 든 손에 힘을 준다. 인문학의 위기설이 나도는 작금에 돈이 되지 않는 문학은, 역사는, 철학은 황금만능주의 사회에선 소외당하기 쉽지만, 긴 겨울을 나는 중이라고 다독이게 된다. 우리네 삶 깊숙이 뿌리박은 인문학, 무엇보다 문학의 영향력을 다시금 일깨운다.

현재도 끊임없이 벌어지는 우크라이나와 러시아, 이스라엘과 레바논, 팔레스타인 등의 전쟁과 갈등, 민주 발전의 반세기가 지난 우리에게 뜬금없이 나타난 비상 계엄의 황당함과 그에 대한 성찰 등 최근 이러한 어이없는 세태를 보면, 삶의 지표와 방향을 보여주며 정신적 치유를 제공하는 건 역시 인문학이며 문학임이 틀림없다. 이에 우리 동국문학인은 심리치료사를 자처하며 미래에 대한 희망의 반딧불이가 된다는 신념을 다시금 다져 나가야 하지 않을까?

지난 3년간 『동국시집』은 매해 더 늘어가는 작품 수에, 특히 젊은 문인들의 적극적인 참여로 나름 도약을 위한 조그만 기틀을 마련하였다. 회원님들의 긍정적인 격려와 반응에 감사하는 마음이 절로 일어난다. 그만큼 『동국시집』은 반세기가 넘도록 흔들림 없는 뿌리로 탄탄하게 서 있다는 생각이 든다. 앞으로도 더 젊게 도전적이고도 용기 있게 곪고 있는 사회를, 정치를, 전쟁 없는 평화시대를 모색하고, 그 근본에 깔린 인류애를 끌어올리는 일에 보다 정진해 보자는 각오를 갖게 된다.

부디 감상적, 낭만적인 삶의 제시만이 아니라 사회 고발적 비판의 눈과 병든 사회를 치료하는 데에도 앞장설 수 있는 눈빛이 살아 있고, 귀가 열린 '동국문학인'이면 더욱 좋겠다.

목 차

시

산
문

꽁트

"어떤 물은 사람이 됩니다
어떤 사람은 녹아 물이 되듯이"

창비시선 504

박소란
시집

수
옥

이 시대가 사랑하는 감수성, 이 시대를 살아가는 위로의 언어
세상의 바닥과 우리의 마음을 어루만지는 서정시의 힘

그럴 때면 시인의 시집을 꺼낸다. "몇몇은 울고/몇몇은 아주 취해버린 것 같았"던 소란 속에서
침묵을 지키다 돌아올 때 면, 병원 복도에 홀로 앉아 호명되기를 기다릴 때면, 봉분 앞 바래버
린 조화를 새것으로 바꿔놓을 때면, 알 수 없는 허기에 식당을 찾아 이두운 골목을 헤맬 때면,
미래라는 것이 "너무 어렵고 너무 비싸"다는 생각이 들 때면, 그래서 "머리 맡에 쏟아져 질벅
이는 슬픔을 가만히 문지르는 새벽"이 찾아올 때면. **정선임 소설가**

다정한 말 한마디 없이 위로를 전한다. 아주 오래 한곳을 응시한 시인의 시선은 자기 체험을
넘어 보편적인 슬픔과 상실의 정서를 길어낸다. **한국일보**

Changbi Publishers

제37회
동국문학상 수상자

박소란 시인

시집『수옥』

| 약력 |

2009년《문학수첩》으로 작품활동을 시작했다.

시집『심장에 가까운 말』『한 사람의 닫힌 문』『있다』『수옥』,

산문집『빌딩과 시』가 있다.

신동엽문학상, 내일의한국작가상, 노작문학상, 딩아돌하작품상 등을 수상했다.

깊은 체험적 정서에 맞닿은 고통의 울림

본심 심사평

　장르별로 수상자를 선정하던 예전의 방식을 바꿔 몇 년 전부터 장르를 통합해 매년 한 명의 수상자를 선정하는 새로운 방식으로 운영돼 오고 있는 동국문학상의 이번 연도 본심 대상작은 박소란의 시집 『수옥』, 최은미의 장편소설 『마주』, 복도훈의 평론집 『유머의 비평』 등이었다. 이 세 권의 책들을 대상으로 수상자를 가리는 것은 한편으로는 곤혹스러운 일이었지만 다른 한편으로는 새삼 동국문학이 배출한 작가들의 뛰어난 역량과 수준을 확인하는 즐겁고 보람 있는 작업이기도 했다.

　심사는 심사 대상자들이 데뷔 이후 보여주었던 작품활동의 수준과 꾸준함을 감안하되, 현재 심사 대상이 된 작품들의 수준도 충분히 고려한다는 원칙을 염두에 두고 진행되었다. 대상이 된 세 분 모두 뛰어난 역량과 경륜을 갖춘 한국문학의 중요한 작가들이었으므로 수상자를 가리는 과정은 그리 녹록지 않았다. 최은미의 경우는 『목련정전』이나 『눈으로 만든 사람』 등의 소설집들을 통해 작가의 보여주었던 뛰어난 문학적 성과가 먼저 거론되었다. 작가가 이전 작품들을 통해 독특한 상상력과 치밀한 문제의식을 지닌 매우 인상적인 문학적 성과를 보여준 바 있으므로 그 성취가 충분히 고려되어야 한다는 의견이 있었다. 그러나 심사 대상이 된 『마주』는 작가의 이전 작품들에 비해 작품의 밀도나 인물들의 관계를 다루는 솜씨가 비교적 허술해 보인다는 지적 또한 지나치기 어려웠다. 스토리라인을 끌어가는 방식이 지나치게 여성적 시선에만 한정되어 있다거나, 코로나에 뒤덮인 세계와 '만조아줌마'와 '딴산'이라는 공간으로 대변되는 농경사회적 이상 세계를 대비시키는 익숙한 설정이 부각되면서, 코로나가 뒤바꾼 현실과 그로 인한 사회적 고통을 꿰뚫는 서사의 힘이 상대적으로 부족해 보인다는 지적도 있었다.

복도훈의 『유머의 비평』은 문학작품에 대한 비평과 SF문학에 대한 활발한 저작 활동을 병행해 온 저자가 『눈먼 자의 초상』에 이어 두 번째로 평론집이라는 타이틀을 걸고 내놓은 책이다. 이 책의 장점으로 지적된 것은 저자의 폭넓은 독서 편력에 힘입은 박학한 식견과 자신감 넘치는 활달하고 자유분방한 논리 전개가 돋보인다는 점이다. 그러나 이러한 점은 심사 과정에서 다분히 현학적이라거나 논지를 깊이 있게 천착하기보다 다른 논자들의 논리를 끌어와 지식을 과장하는 느낌이 든다는 또 다른 의견을 불러왔다. 또한 책에 실린 주요 비평들이 대부분 2018년 이전의 것들인 데다 가장 최근에 쓰인 2022년의 글은 비평이라 보기엔 애매모호한 성격의 글이라는 점에서 활동의 공백을 지적하는 의견이 있었다.

박소란의 『수옥』은 소박한 시집이다. 이 시집에는 눈길을 끄는 새로움도 기존 시들과 차별화된 개성적인 시 세계를 구축해보려는 의욕도 보이지 않는다. 시인은 시종일관 자신의 내면을 골똘히 들여다보며 슬픔과 절망의 언어들을 때로는 격렬하게 때로는 담담하게 길어올릴 뿐이다. 이 시집의 이런 점에 대해 시인의 전작들에 비해 내면의 울림은 깊어진 반면, 시적 확산력은 약하지 않느냐는 지적이 있었다. 그러나 일인칭 화자의 내적 독백이 한 개인의 특수한 내면을 보여주는 것을 넘어 그것을 읽는 독자 개개인의 보편적인 내적 정서와 만날 때 시가 불러일으키는 정서적 감응의 폭과 깊이는 결코 작지 않은 것이라는 의견이 제기되었다. 심사자들은 특히 박소란의 시들에서 절망과 불행의 정서는 시인의 감내하고 있는 삶의 깊은 체험적 정서와 맞닿아 그 울림과 진정성의 질감이 남다르다는 데 의견을 같이 했다. 우리는 시인이 보여주는, 자기 삶을 치열하게 살아내려는 삶의 자세와 맞닿은 그 고통의 언어들에 작으나마 격려와 응원을 보내기로 했다. 수상자에게 축하를 보내며 수상에서 아깝게 제외된 분들께도 응원의 메시지를 전한다.

심사위원 홍신선, 곽효환, 박혜경(글)

제37회 동국문학상 수상소감

스무 살이 된 기분

박소란

창작 수업을 들으려 명진관 돌계단을 오르내리던 시절이 엊그제 같습니다. 강의실 구석에 앉아 창밖을 멍하니 바라다보곤 했는데, 그곳 작은 뜰에 심어진 헐벗은 나무가 꼭 자매 같았습니다. 쓰는 일에 지치고 상처 입을 때마다 피붙이 같던 그 나무를, 오래된 강의실을, 강의실을 메우던 조곤조곤한 시의 소리를 떠올립니다. 떠올릴 학교가 있다는 것, 엄하고 다정한 선생님이 계시다는 것이 얼마나 다행스러운지. 감사하고 또 감사할 따름입니다.

시집 『수옥』을 준비하던 막바지, 지난여름은 제게 너무도 힘겨운 시간이었습니다. 일신상의 큰 변화가 있었고, 스스로에 대한 회의와 불안이 어느 때보다 깊었습니다. 지금도 간신히 그 시간을 봉합해가는 중입니다. 이 상은 아마도 위로와 격려의 의미로 제게 닿았을 것입니다. 겸연쩍은 마음이 없지 않습니다. 한편, '상'이라는 이름으로 아주 오랜만에 선생님께 칭찬을 받은 것도 같은데요. 그만큼 기쁜 마음도 함께입니다. 불현듯 강의실에 앉아 설레어 하던 스무 살이 된 기분입니다. 지칠 때마다 오늘의 위로와 격려와 칭찬을 되짚으며 조금씩 힘을 내겠습니다. 자신을 잃지 않기 위해 노력하

겠습니다.

　심사위원 선생님들께 두루 감사드리며, 무엇보다 지금껏 저를 지탱해 준 시에게 깊은 고마움을 전합니다. 감사합니다.

공작

누가 울고 난 뒤인지 몰라

탁자에 놓인 한 컵 물을 보자 든 생각
눈물이 많은 사람이 제 눈물을 훔쳐 한 줌 한 줌 모아 둔 건지도

이런 생각은 아무래도 시시하지만

눈물이라는 재료를 수집해 접고 오리고 붙이는 데 긴긴 하루를
쓰는 사람도 있겠지
　서툰 손으로 색종이 공작을 하던 어린 날과 같이

물의 나라를 여행합니다
슬픔에 잠긴 여행자에게 물은 신앙이 됩니다 어째서? 아릿한
물음을 되풀이하며 잔잔히 흘러갑니다

간밤 무심코 펼친 페이지 맨 구석에 숨어 있던 문장
사진을 찍거나 밑줄을 그은 건 아니지만

어떤 물은 사람이 됩니다
어떤 사람은 녹아 물이 되듯이

그러면 나는 그 사람을 오래 간직해야지 하는 생각
소복을 입고 아슬랑거리는 겨울처럼
겨울의 외딴 정류장처럼

버스는 오지 않겠지만

춥다, 말하는 사람의 곁에는 사람이 있고
마주 선 얼굴이 얼굴을 향해 입김을 후후 불고

혼자인 사람은 말하지 않겠지만, 춥다
자꾸만 춥겠지만

여행은 계속됩니다 출렁이며 흘러갑니다

탁자에 놓인 한 컵 물을 보자

지금 이 물은 어느 스산한 풍경 앞에 넋을 놓았나 하는 생각, 눈물의 주인은
더, 더, 아득히 깊은 곳을 헤매고

컵은 잠자코 있는데
혼자 놀다 혼자 지친 아이처럼

지금 내가 이 물을 다 마시면
참을 수 없이 갈증이 나서 그만
나는 색색의 날개를 가진 작은 짐승이 되려나 하는 생각

작은 짐승은 또 울면서 어디로 막 날아가겠네 하는 생각

박소란 | 2009년 《문학수첩》으로 작품활동을 시작했다. 시집 『심장에 가까운 말』 『한 사람의 닫힌 문』 『있다』 『수옥』. 산문집 『빌딩과 시』가 있다. 신동엽문학상, 내일의한국작가상, 노작문학상, 딩아돌하작품상 등을 수상했다.

동국시집 51호

시詩

유리에게도 생은 있다

강경애

유리컵이 바닥에 떨어져 산산조각 났다
망연히 내리꽂히는 내 시선에 반란하는 발칙한 그 조각들
사방에 흩어져 아우성치며 날카로운 빛으로 눈을 흘긴다
홧김에 울컥하던 나는 그 선연한 빛에 놀라 한발 물러선다

햇빛 받아 빛을 발하는 창유리의 순수가 아닌
분노가 뒤섞인 거친 저 눈빛
몸피가 파괴되자 내재된 서러움으로
무언의 원망을 담고 경계하는 저들의 차가운 서슬
한 생을 회억하는 슬픈 순간이다
비로 쓸어 담으며 내 손에 흐르는 피를 보고
생은 억겁을 넘어 새로이 창조되는 것임을
목젖을 적시며 가슴에 새겨두는 긴 하루

유리에게도 반짝이는 생이 있음을 본다

죽음

강상윤

햇빛도 따가운 초가을,
산골짜기를 내려온 시냇물이
강물을 향해 맑은 물줄기들을
맹렬하게 흘려보내고 있다
어디서 나타났는지
일곱 여덟 마리의 오리들이
힘차게 물갈퀴 노를 저으며
전진하고 있다
시냇물이 강물에 맞닿아
사라지는 물무늬 위를.
이미 떠나 왔으면 돌아보지 말고
전진 또 전진해야지…
강물에 다다른 시냇물처럼
강물을 향해 전진하는 오리들처럼.
䷦수산건水山蹇 괘, 절름발이
전진하지 못하고 곤경에 빠지는
모습이다

얼음오리

강서일

아이들이 눈을 뭉쳐
언 연못 위에 오리들을 빚어놓았다

춘설에
매화 꽃 피어나고

암향에 몸이 풀린 오리들

하나 둘, 둘 하나
연못으로 뛰어들더니

찰나에 일가를 이룬
수양 아래 저 분홍물갈퀴들

공부가 많아 나는
숙맥이 되어가고

아이들은 물 위를 뛰어 다닌다

남겨진 자

강영은

밤이 납덩어리인 줄 모르고

당신과 나는 별 떨기를 세고 있었다
별빛에 목을 맨 나비처럼

당신은 당신이 입은 스웨터를 올올이 풀고
내가 모르는 밤하늘로 날아갔다

언제 생겼지 이, 커다란 물웅덩이

파문波紋조차 없이
나는 다만 새까맣게 변한 얼굴로

속눈썹 같은 것이, 자귀나무 붉은 꽃잎 같은 것이 떠 있는
물웅덩이를 본다

깨어진 수은주水銀柱처럼
언제까지나 수은 번지는 웅덩이를 보고 있었다

밤이 납덩어리인 줄 모르고

전복서리

고명수

이 고요한 곳에
참으로 많은 것을 숨겨 두셨구나

너를 서리해오기 위해서는
이 가혹한 수압을 이겨내야 한다
터질 것 같은 숨을 참아내야 한다

너는 바위 등짝에 아기처럼 달라붙어
떨어지려 하지 않는구나!
아뿔싸, 인생의 전복도 그와 같아서
쉽게 딸 수 없는 것을

말미잘이며 홍합이며 해삼을 캐느라
시간 가는 줄 몰랐네,
사랑하는 것들을 남겨 두고
나는 참으로 멀리도 왔구나

다시 돌아가지 못한들 어떠리

어차피 우린 한번은 헤어져야 하는걸
나는 오늘도 이 적막한 바닷속을 헤맨다
빛나는 전복 하나 따 보려고

말랑말랑한 뇌

고영섭

강화도 갯벌처럼 말랑말랑한

내 뇌를 만들어준 어머니 자궁

좌뇌를 눌러도 쑥쑥 들어가고

우뇌를 눌러도 숭숭 들어간다

뻘밭 같은 내 뇌에 씨를 뿌리고

아침 저녁 물을 주면 새싹이 날까

그 새싹의 끝에서 꽃이 나올까

흰 꽃의 끝에서 매실이 나올까

아, 오늘도 나는 물렁물렁한 뇌를

말랑말랑한 갯벌 되게 누르고 있다.

꽃잎 한 장

공광규

꽃잎 한 장 수면에 떨어져
작은 파문이 일고 있다

파문이 물별을 만들고 있다

꽃잎이 없다면
파문이 없다면

아름다운 물별을 볼 수 없을 것이다

꽃잎 한 장 받는 것은
가슴에 파문이 이는 일

몸에 물별이 뜨는 일

적혈마

김금용

귀신에 홀렸던 것 같네
앞을 봐도 뒤를 돌아봐도 벌거벗은 거친 산 등어리
척추뼈가 튀어나온 노트르담의 곱추였네
외로워서 늑대 나왔다고 외치던 양치기 소년이었네
오르다 오르다 하루가 지는 앵무새 33고개 마루에서
오줌 줄기를 사납게 쏟아내는
레닌봉 7133미터 만년설산의 퍼런 강줄기였네

말발굽에 차이는 자리마다
마못인 양 두 발로 꼿꼿이 일어선 도깨비방망이꽃
삼신할미에게 목숨 비는 장승이었네
굽이굽이 돌아돌아도 끝나지 않는 고갯길은
끊어지지 않는 실타래였네
신발 밑창이 뚫어지도록 걸어야
유르트 소똥 태우는 연기가 반갑게 고개 주억거리는
별빛 껴안고 잠드는 적혈마였네
저 파미르 고원은,

부엌 모서리에 기댄 밤

김미연

시간의 발길이 멈춰버린 부엌
그녀의 비밀이 싱크대 서랍에 어둠처럼 쌓여 있다
헐렁한 수도꼭지가 어눌한 말을 흘린다
어디에도 풀어놓지 못해
반쯤 상해버린 말들이 뒤엉킨다

도마에는 칼자국이 깊고
변명조차 찾지 못한 하루가 저물었다
바닥에 엉킨 발자국이 어지럽다
흘린 물소리에 밤의 발끝이 젖는다

뒤틀린 심사에 베인 얼룩진 손가락
슬픔에 버무린 매운 자정이 벌겋게 물들었다

푹푹 삶아도 바래지 않는 상처들
벽에 까맣게 달라붙었다

한 생을 퍼담은 주걱엔 밥풀이 말라붙고
밤이 지나가는 시간에도

수저통의 숟가락들은 입을 벌린다

의자 하나 없이 서 있던 낮이
부은 발등을 내려놓는다

발라드 오브 해남 1

김밝은

목소리만 남겨놓은 그 사람이 떠나갔다

유난히 길어진 눈썹달이
발라드라도 한 곡 불러주고 싶은지
전봇줄 레와 미 사이에 앉아 있다

채우지 못한 음계를
바닷바람이 슬그머니 들어와 연주하면

허공을 가득 메운 노을과
나만이 관객인 오늘

시가 내게 오려는지,
그만 당신을 잃어버렸다

나팔꽃

김보화

꽃잎
노을 속 천둥을 친다

연약한 몸 길 하나 의지 처로
남 도움만 받고 살아가는 줄만 알았지

모진 세월 사력을 다해 빚어왔던
꽃 사발 꼬들꼬들한 햇살 칭칭 감아
이웃집 담장 위로 건네주곤 했다지

이른 새벽 꽃부채 활짝 펴고
하늘길 나서는 그 푸릇한 생生
오롯이 한나절에 바친다지

꿀꺽, 저녁노을 생기가 돈다

쉰두 살의 풍경화

김상미

그들이 걸어간 길과 똑같은 길을 나도 걸어간다
앞으로 쉰두 걸음 왼쪽으로 쉰두 걸음 위로도 쉰두 걸음
쉰두 해 쉰두 걸음과 완전히 한 몸이 되어 걸어간다

그들이 실체인지 내가 허구인지 내가 실체인지 그들이 허구인지
달빛에게 쫓기는 이들이 하룻밤 새 토해 놓은 쓰라린 갈증 속을

되새김질하듯 쉰두 걸음 예고된 미래처럼 쉰두 걸음
원피스 자락을 휘날리면서 쉰두 걸음

지상에 구두점 찍을 수 있는 방법이 그 뿐이기나 하듯
모든 묵중한 것에 비해 너무나도 가벼운 모습으로
걸어가고 있다.

엇박자

김서희

오토바이를 타면
얼굴에 와닿는 그 바람 맛이 일품이란다
한두 방울씩 떨어지는 빗방울이
얼굴에 닿아 퉁겨질 때면
애인의 손길이 탱글탱글 느껴진단다

속도계 게이지가 올라갈 때마다
어미의 속은 시꺼멓게 타들어 가고

속도를 즐기는 아들과
속도에 심장이 짓눌리는 어미는
제발 제발
바퀴 닿는 그 땅과
얼굴에 닿는 그 바람이
부디부디 순한 흐름이기를 바라고 바라노니

바라바라~ 바라바라~

멀리서 아들이 온다

사춘기

김선아

　종로4가 먼 친척집에서 중학교를 다닐 때였습니다. 하숙이라 말씀드렸으나 선생님은 굳이 가정방문을 오셨습니다. 후에야 알았습니다. 그곳은 홍등가. 마침 주인아주머니는 외출 중이어서 복숭아를 예쁘게 깎아내 온 건 아래채 경이 언니였습니다. 조그마한 복사꽃 빛깔 무릎 앞에서 선생님 손등은 점점 붉어져갔습니다. 여름방학 무렵, 선생님이 건네주신 편지를 경이 언니에게 건네자, 편지의 분홍빛 물감이 스르르 번져 내 하얀 치마에까지 옮아왔고, 하필 나는 그날 그 하얀 치마에 초경을 쏟았습니다. 그러자 경이 언니는 안절부절못하고 흐느끼는 내 초경을 삶아 하얗게 말려주었습니다.

　슬픔이란 삶아서 하얗게 말려 쓰는 것임을 그때 알았습니다.

플라타너스

김애숙

아팠던 만큼 무성해진 것이냐

지난가을 몸통만 남은 채 몽땅 잘려
붓 한 자루 세워놓은 것 같더니만

언제 그랬었냐는 듯

운현궁 앞 대로변 푸른 글씨들 무성하다

출렁이는 바람의 서체에
막혔던 길도
문 닫힌 솟을대문도
하늘 끄트머리에
붉은 낙관을 찍는다

아픈 자리 활짝 열어 문장을 완성한다

독도 사랑

김운향

동트는 새벽의 설렘 속에
환한 미소로 반겨주는 신비의 섬 독도여
괭이갈매기는 둥지에 알을 품고
돌섬에서도 고운 꽃들 피우며
소나무가 자라는구나
흰 파도 출렁이고 바닷새들 춤추는 그 곳
맑은 하늘과 신선한 갯내음
한류와 난류가 만나는 푸른 바다에
우뚝 선 우리의 섬이여
바람과 구름이 쉬어 가며
스친 눈빛 너머로 긴 이야기를 전해주는
삼봉도 우산도 독도여
태고적의 아리랑 숨결 고스란히 이어온
아무도 범할 수 없는 성처녀의 모습
그 낙원 속에 영원하라.

잘난 사람은

김윤숭

잘난 사람은
말과 행동이 정반대인데
아름다운 말과 글로 감동을 주고
존경과 사랑을 받는다
못난 사람은
몇 가지 흠잡는 것으로
현실감을 표할 뿐이다

오후 3시 13분과 17분 사이

김윤하

이곳저곳 시계 천지다

거실 시계는 3시 16분, 주방 창문에 놓인 시계는 3시 13분, 정수기 시계는 3시 15분, 전자레인지 시계는 3시 14분, 전기압력밥솥 시계는 3시 16분, 내 스마트폰은 3시 17분, 여기저기 하얗게 핀 시계꽃

촘촘히 박힌 분과 분 사이

세상 곳곳 생명이 태어나고 생명이 스러지는 사이

말이 입속을 맴돌거나 머릿속을 맴도는 사이

적막한 오후 3시를 건너가는 나는,
어느 시간을 살고 있는 걸까

내 마음의 문풍지

김인수

누에고치 명주실 같은 하이얀 연기가
산비탈 외딴 초가지붕 위에 피어오른다.

연기는 산자락의 빛바랜 볏짚 지붕
위의 낡은 시간도 금세 품어버리지.

석양의 붉은 빛 머금은 초가집 너머엔
참새들이 짝지어 날아다니는 황금 들녘

연기 안개는 나지막이 가라앉아
어머니의 푸른 호수가 된다.

보아라, 이 그림 속의 많은 색깔들
내쉬는 숨결에, 불어오는 바람결에
내 마음의 문풍지가 새로 떨린다.

新作路에서

김정웅

언덕이 넘어진다.
불도저가 언덕을 밀어내릴 때마다
한 트럭 分量의 핏빛 노을이
무너져내린다.
내 幼年의 낡은 寺院 하나가
끝내 버티다 마지막으로 쓰러지고
괴롭게 펄펄 뛰는 그리움들이
무너져내린 노을 속에 굴러내려
허우적거리다 溺死體로 잠긴다.
언덕의 이쪽과 저쪽이
싱거운 相面을 하고
그리움의 魂은 어둠을 뚫고 달아나
나의 손이 닿지 않는 곳에서
다시 휘파람을 불고 있다.

숨, 그리고 그 너머

김진명

꽃이 피어나는 아침,
햇살의 손길에 꽃잎은 천천히 열리고
작은 숨결이 바람을 타고 흐른다

잠든 아기의 배가 부풀고 가라앉는다
작고 연약한 몸의 리듬
우주의 뿌리가 된다

삶은 그렇게
크고 작은 숨결로 이어져 춤을 춘다
마지막 한 번의 숨도 그저 또 다른 시작일 뿐.

저녁에

김창범

만물이 어두워 가는 저녁,
참새들이 재잘대는 한 그루 나무를 본다.
성복천 냇가에 잎이 무성한 나무 한 그루,
가지마다 앉았다 날았다 분주하게
저물어 가는 필름에 남은 시간을 찍는다.
저기 황홀한 순간을 찾아 날개 치는
생명들을 보라. 저 작은 기쁨을 보라
낡은 세상에 남긴 흑백 사진 한 장,
한 그루 나무 위로 한가롭게 불이 켜지고
참새 떼 소리는 어둠 속에 스며든다.
해 저문 하늘에 키 작은 나무 한 그루
기쁨도 고통도 두려움도 나뭇잎마다 품으니
한 날의 이야기는 그날로 족하지 않겠는가?
아, 그분의 숨소리가 냇물 따라 흐르고
책 읽는 냇물 소리에 잠드는 참새,
저들의 조용한 순종과 겸손을 기뻐하시며
이제야 그분도 침상에 드시는구나.

*'수지문학' 제15집에 개재한 '하나님의 모습'을 개작하였음.

달달한 방점

김창희

낮은 담을 사이에 둔 앞집으로
우리 집 감나무가 반은 기울었다
손 뻗을 길이 없어
더부살이 보낸 자식인 양 바라만 보았다

감나무 단풍진 잎들 떨어지고
가지 사이사이
주홍빛 마침표 등불처럼 흔들리는 오후
앞집 아저씨가 허공 뜰채 둘러메고 옥상으로 오른다

속살까지 말랑거리는 화엄을 똑똑 따서
햇살 가득한 담 위에 펼쳐놓는다

모두 가져가 드시라 채근해도
제일 말랑한 홍시 두어 개만 품에 안는다

마당으로 가을볕 쬐러 나온 구순 노모 향해
손에 든 감 들어 보이는 그의 웃음이
홍시를 닮아 달달하게 눈부시다

천상열차분야지도 天象列次分野之圖

김현지

그해 겨울밤,
평창 하늘을 수놓던 천상열차분야지도
되감아 보다가… 훨훨 빙글빙글 따라 돈다

이제 되었다. 그동안 막연히
내가 옮겨갈 별자리는 어딜까?,
어느 별에서 나를 불러줄까? 궁금했는데
망설일 것 없이 그냥 성큼 들어서면 되는 거야

12 황도, 1,467개의 별들 징검다리 삼아
안녕, 안녕, 건너뛰면서
수 만 년은 더 놀아도 되겠다

어릴 적, 별들이 내 잠속으로 들어와
큼지막한 함지박에 나를 태우고
빙글빙글 두둥실 하늘을 날던 꿈, 깨고 싶지 않았던
저 찬란한 별 무리 속의 나를 다시 만나

수수 억년을 날아 날아 은하계로 가는 동안 결코
쓸쓸하거나 외롭지 않을 거야, 나는

눈

남현지

너무 무거운 이야기였나요?
사람들은 상냥하게 고개를 저었다
실례가 많았습니다
그는 문을 닫고 술집을 떠났다
눈 위의 다른 발자국을
꾹꾹 겹쳐 걸으면서

방금 들어온 사람이 눈을 털며
무거운 내용이 무엇이었는지 물었다
아무 이야기도 하지 않고
무겁냐고 묻기만 했다고
어묵을 들고 있던 사람이 대답했다

깨진 것은 0의 것
― 가야 토기

동시영

순식간이 천 년을 깼다
가야 토기를 깼다

깨진 틈으로 가야가 새 나온다

뿌리 삽으로 흙의 역사를 캐던 대나무가 흘깃 본다

태초부터 지금까지,
사물의 부피를 재는
바람 등에 얹어,
부서진 시간의 부피를 잰다

깨진 것은 0의 것
아니, 영靈의 것

《골콩드》처럼
《걸작 혹은 지평선의 신비》처럼

깨진 조각들에서
기표들이 나와 표표 나부낀다

빈롱의 저녁

리 산

떠나라 시골로

가서 더 아름다운 빌라를 짓고 더 큰 정원을 가꾸며 살아라

멀리 손짓하며 지나가는 베르길리우스를 보며

주소 없는 여자가 중얼거린다

어린 도마뱀 한 마리 누울 수 없는 창가

철도의 불빛을 먹고 자라는 화분 하나가

내가 가진 정원의 전부야

만년필 씨 귀하

문봉선

둥근 기둥으로 가득 물배를 채웠다가
이리저리 맘대로 굴려지는 것은
내가 바라는 일이 아니다.
뚝뚝 물감으로 쏟아지는 핏자국
하얀 종이 마구 구겨뜨리는 날카로운 혀.
달밤 파란 수혈을 하고 나면
구들 위에서 심장은 익는다.
붉은 핏방울이 흰 살결 위에서 다 타들어가도록
늘 나를 허기지게 하는 배불뚝이바보.
죽지 말아라, 죽지 말아라.
구멍 안쪽 얌전히 갈무려져 있는 혀일지라도
어느 날 네 맘대로 날 가지고 놀리기도 하는 마술 대롱.
네가 날 평생 문지르고 찔러 닳아빠지게 해도
내 몸과 마음은 언제나 하프를 켤 수 있어 기쁘다.

이 길이 선물이 아니라면

문정희

이 길이 선물이 아니라면
햇살마다 눈부신 리본이 달려 있겠는가
아침저녁 해무가 젖은 눈빛으로 걸어오겠는가
이 길이 선물이 아니라면
고요가 풀잎마다 맺히고
벌레들이 저희끼리 통하는 말로
흙더미를 들추어 풍요하게 먹고 자라겠는가
길섶마다 돌들이
무슨 말이든 하고 싶어
바람을 따라 일어서겠는가
발뒤꿈치를 들어
나는 그저 어린 날 배운 노래를 흥얼거리며
걸어 보는 길
산꼭대기까지 올라간 눈이
여름이 되어도 내려올 생각 없이
까치처럼 흰 눈을 머리에 쓴 채
그윽한 눈으로 내려다보는 이 길
설산으로 향한
이 길이 선물이 아니라면

길

문효치

길이 없다고 말하지 말라
다만 찾지 못했을 뿐이다

나비는 허공을 방황하면서 꽃을 찾고
곰은 숲을 헤매면서 집으로 간다

길은 숨어서
네가 찾아오기를 기다리고 있다

기수역汽水域*으로

박미출

간다,
세상사 모든 짐 짊어지고
가본 적 없고 닿을 기약 없는
일천삼백 리 낙동강 먼 길,
가야만 한다.

비린내 진동하는
살맛 없는 땅,
속이고 당하는 비겁하고 싱거운 사회,
끌고 밀며
가야만 한다.

을숙도乙宿島
갈 숲 지나, 노적봉露積峰 백사장 넘어서
바람처럼 장군처럼
바다로, 바다로
세상을 절이러 가야만 한다.

* brackish water zone, 汽水域, 강물이 바다로 들어가 바닷물과 서로 섞이는 곳.

구름과 나

박법문

태양 밝은 빛을 구름 커튼으로 가리우니
열꽃이 피어 몸살 앓는 구름이 아름답다
영원하기 보다 오히려
허망하게 피었다 지는
태양의 힘으로 피었다 지는
구름이 아름답다
너로 인해 번지고 고운 노을이 되었으나
구름은 무심하고 평안하지
찰라의 공연 예술처럼 감동은 고요하고
흔적은 남지 않는다
네가 밝게 빛나고 있는 한
나는 다시 번지고 피어날 것이다.

도깨비사랑

박종일

행복해지기 전에
누굴 더 사랑하기 전에
사라져야겠다 도깨비처럼
그렇게 말야
세상 떠나 어디론지 지금 가겠다
부르는 게 아니고 보이는 거지
다시는 못 만날 너
봄비처럼 세상에 온 건
누굴 만나기 위한 걸까
그걸 모르겠다
환생을 위한 운명처럼 삶은
누구도 대신 못할 너 그리고 나
내가 가진 건 허방이다

부서지고 싶다
100년쯤 살아 넌

대한민국 독립 만세

박진호

국립 현충원을 걸으며 감사한다
김상옥 의사 서울 승리의 표상
서울 시가전 의거의 순국으로
의열 투쟁의 선봉이 되었다

김구, 조소앙 선생을 따른 의열단원들
손문, 장개석의 무관학교 출신이 많다
김구, 조소앙 선생의 용단으로
카이로 선언, 얄타회담, 포츠담 선언 이루었다

의병, 독립군, 의열 투쟁, 광복군
장장 51년의 투쟁 삼십만 이상의 희생
35년 만의 독립
대한민국 독립 만세

먹구름의 앵무새

박판식

그래봤자 파산 없는 인생이 무엇을 알까요
집도 쓸려가고 과수원도 진흙탕이 되고 농기계도 없어진 텅 빈
마당에
경북 김천 사람이 서 있네요

살아남은 사람은 각자의 빚을 갚아야합니다
내가 죽고 싶을 때 죽는다는 것은 기적입니다
자연은 무자비하고 순수한 어린 아이입니다

간선버스를 놓치고 전철을 놓치고 손님을 놓치고
오늘따라 접시도 깨지고 분식점 아주머니는
가게를 접고 석 달은 그냥 신나게 놀겠다고 말합니다
고개를 끄덕이게 하는 즐거운 거짓말입니다

혼자 머리를 감고 빵집에서 근사한 식사를 하고 서류를 몇 장
넘겨보다가
사무원처럼 빈 몸으로 퇴근하는 행복을 맛보고 싶습니다
비가, 나무 없는 나무의 열매들처럼 하늘에서 쏟아집니다

다 담을 수 있을까요
그래도 덧없음보다는 불행이 낫지 않을까요

나는 먹구름의 앵무새

2024. 가을

서정란

긴 혹서가 훑고 간 뒤
너를 맞는다
그동안 가을이 왔어도
여름이의 기세에 눌려
제 아비를 아비라 부르지 못하는 서자처럼
기죽었던 가을이다
심호흡을 하고 하늘을 향해
한껏 너의 이름을 부른다
반갑다, 가을아!

경고!
온 산천을 바람난 고양이 입술처럼 붉게 칠하고
내 마음일랑 유혹하지 마라
혹여 나를 유혹해 천지사방 지옥의 골짜기 같은
아찔한 지경까지 끌고 다니지 마라
가을아!

계곡송溪谷頌

심봉구

하늘 사타구니 그 계곡에는
이승도 저승도 아닌 노래가 있지
먹빛 침묵으로 고목은
사시 살을 갈아 이웃을 먹이고
피칠 범벅 낙엽의 어깨를 두드려
두리둥실 희한한 춤을 만들지

구름을 불러 번개로 찢어발기는
하늘 절벽, 그 절규의 심장을 터뜨려
마침내 콰알콸 쓸어내려서는
질기디질긴 노래를 엮는 거지
그래서 그 계곡엔 언제나
억년 바람 언어가 깨끼발 춤추고

아서라, 인간 즘생 도시 알 수 없는
이승도 저승도 아닌 노래가
거기 분명 있는 게지

아들 소식

염은초

노인네 굽은 허리가
담장 밖 네 소식 듣자니
저절로 반듯이 펴진다
아들아
빨리 좀 오너라
이러다 지붕도 뚫겠다

와온 낙조

우정연

해안 도로변 단칸방
의 늙은 감나무
홍시, 올망졸망 낳아 부끄러워

초겨울 바다 물빛부터
낮달 두 볼까지
불그스름하니 주홍빛 화엄

새로운 기쁨

유계영

그런 나라에는 가본 적 없습니다 영화에서는 본 적 있어요
　나의 경험은 아침잠이 많고 새벽에 귀가합니다 잎사귀를 다 뜯
어먹힌 채 돌아옵니다
　안다고 말하고 싶어서 차바퀴 꿈은 많이 꿉니다 황봉투에 담긴
얇고 가벼운 꿈인데

　낮에는 구청 광장에 우두커니 서서
　감나무를 올려다보았습니다 까치가 까치밥을 쪼는 것을 보고
　밤에는 하염없이 영화를 보았습니다
　트빌리시 바르샤바 베오그라드
　그런 도시에는 가본 적이 없고

　까치가 나뭇가지를 툭 차면서 날아가는 것은 낮에 본 것
　미치지 않고서야
　미치지 않고서야
　그러는 것같이
　팔이 떨어져라 흔들리는 잎사귀들이라면 밤에 본 것

나의 경험은 내내 잠들어 있습니다 다시는 일어날 마음이 없어
보입니다
　죽어서도 보고 있다면 죽은 것이 아닌데 자꾸 보고 있습니다

파도를 건너다니는 말

유병란

입속을 건너오지 못하고 안으로만 움츠리는 말
내뱉지도 삼키지도 못하는 말들을 우물거리며
채 피지 못한 꽃의 안부를 묻는다
검게 구겨진 파도가 제 몸을 할퀴고 있다
본능적으로 내면을 발설하지 않는
아직도 현재진행형이라는 것
어지러운 말들을 꼭꼭 눌러 차단하지만
끈질기게 쫓아와 무성한 그림자를 만들어 내는 말의 몸짓
어설픈 헛손질은 오히려 더 많은 그림자를 낳는다
모습을 감춘 파도가 부서지고 부딪치며
물거품을 가득 안고 밀려온다
어떤 날은 꽃이 되다가 어떤 날은 돌이 되다가
가끔은 가지런히 널린 빨래처럼
하얀 이를 드러내며 사라진다
한 꺼풀만 벗겨내도
우울의 무늬들이 담쟁이처럼 번져갈 것 같은
괜찮다는 말들을 모아 볕 좋은 창가에 넌다

결코

윤고방

대답 없는 하늘을 향해
먼동이 터오도록
목메어 울 걸 그랬다

새벽 넘어오는
햇살을 기다리기보다
자정 넘어오는 어둠을
기다리는 게 더 나았다고
눈 부릅뜬 수도자는 중얼거렸지

세상 무게를 떠받치는
온갖 물상의 무게보다
그의 여윈 어깨가
훨씬 더 든든해 보였다

깊은 산 속 둔중한 구리종을
이마로 받아 울리고 싶었던
그 세월과는 헤어지는 게 아니었다

한 번도 본 적 없는 경치를 보러 가고 싶으세요?

윤유나

포클레인은 결국 돌아오지 않았다
상관 없었다 내 친구들을 만나고 다니기 전까지

지우개는 파라솔을 데리고 해변에 갈 작정으로 트럭에 올랐다
나는 지우개를 가끔 미워하다가 종종 미워하고 콘크리트를 바
를 필요까지는 없었다고
한 커플을 살려두기에 우리는 야멸찼다고
마음에 없는 설교를 늘어놓았다

지우개는 늘 진지한 척이었다
성장과 죽음이 같은 궤도에 있는 줄 알았어
양 끝에서 달려오다 힘껏 부딪히는 거야 어느 한쪽이 죽을 때
까지 반복
반복 미련 없이

뇌야, 아직 해변에 앉아 있니
까마귀처럼
지우개와 같이

모래사장에 앉아 석양을 바라보고 있니

...

바다 없는 해변에서 태양 없이 해가 진다

붓다의 일대기를 쓰다가 문득 얻은 구절

윤재웅

쉬운 이야기를 어렵게 하는 것은 쉽지만
어려운 이야기를 쉽게 하는 것은 어렵지.

영원하지 않다는 사실만이 영원하고
변한다는 진실만이 변하지 않는다네.

한국정신사

윤 효

하늘 두 쪽 내며 내리꽂히는

빗줄기에게는

눈 깜짝하지 않더니

하염없이 망설이고

하염없이 머뭇거리는

눈송이들에겐

제 몸 기꺼이 길게 눕혀주는

대숲,

한국정신사 제1장 제1절

깍둑썰기

은이정

날마다 먹는 아침이 씹혔다
갑자기 딱딱한 게 버석거렸다 익은 감자, 훈제 달걀, 사과와 오이
어디에도 없는 녹지 않는 것

꿈속에서 꿈을 이어가는 날처럼
밖으로 나오고 싶지 않아
오돌돌 앉아 있었다 입속에서 늙은 엄마나 입원한 삼촌이 나올까 봐

우물거리다 잠깐 멈췄다
뱉어낸 건 자판이었다
노트북에서 흔들거리던 ㅔ, ㅖ

누구도 거들떠 안 보던
예 와 에이가 번갈아 짖어댄
네모난 시간

소리 없는 아침 샐러드에
버무렸다
눈에 띄는 건 어울리지 않았다

석양의 네잎클로버

이경철

빨갛게 물들어가는 화살나무 촉 아래

막 피어오르는 네잎클로버 꽃

지금도 꽃반지 만들어 주고 싶은,

가을 짧은 햇살 비껴드는데.

하관下棺

이 령

계절 없이 피고 지던 제라늄의 끝물 같은 날이었다.

고비를 넘나드는 들숨날숨 혼돈 속
더는 남길 것도 없다는 듯
수만 겹의 사연 뜨거운 꽃비 받으며

엄마는 마른 꽃잎처럼 치명마저 거두고
필사의 순 집기로 방사대칭 꽃대 밀어 올릴 때처럼

시방삼세
지우고 다시 쓰는 유서처럼
하늘하늘
거듭 떨구어내는 낙엽장礫 같은 날이었다.

아드리아해의 밤을 거닐다

이서연

누구의 밤일까
불빛과 불빛 사이로 건너가는 눈빛
골목과 골목 사이로 걸어가는 그림자
파도마저 조용히 예쁜 이유가
풍경이 사랑으로 물드는 시간 때문이라면
나는 지금 누구의 밤을 맴돌고 있는가

누구에게 오는 밤일까
나를 두드려 보는 바람과 파도 따라
슬며시 속품에 별들을 줄줄이 넣었건만
그 하나가 성당에 부딪치자 종이 울린다
이제 풍경이 축복으로 깃드는 시간이라면
지금 걷고 있는 밤은 누구에게 오는 것인가

9월 크로아티아 보디체
작은 해안의 밤결을 보듬는 나에게서 손님을 본다

햇살 한 모금 먹고 갑니다

이선녀

무심한 발길 틈에 시선이 멈춰진다
빈약한 하얀 꽃잎 들것에 실려간다
외딴섬 홀로 피었던 할미꽃의 혼인가

수많은 눈길 받아 허기 채워 배불리고
도심 속 이별 길에 외로움도 채우련만
마지막 해 보는 길목 서럽기만 하여라

어비魚飛*

이순희

본래 태생은 바다였으나
이내 한계를 뛰어넘어 산으로 왔다
적막한 절간 처마 끝에서
너는
밤낮없이 경經을 되뇌이고 있다.

* 연비어약鳶飛魚躍에서 만든 말. 풍경 속 물고기를 뜻함.

커지는 귀

이어진

    매일 귀가 자라는 사람을 아세요? 당신이 건네주는 말을 이해하지 못해 귀의 한쪽에는 이야기가 자라요 천 년의 시간을 달려온 바람이 한쪽 귀를 기울이고 당신 앞에 앉아 있다고 생각해 보세요 초원을 달리고 싶던 엉덩이가 공원 안을 쏘다니고 있을 거예요 당신의 귀를 처음 보았을 때 자꾸만 기울어지는 마음 이야기가 듣고 싶어 공원으로 갔었죠 동물에게 먹이를 주는 사육사처럼 당신은 바람을 닮아 나무 위에 걸어 놓았지만 처음에는 무슨 말인지 알지 못했죠 당신의 귀는 점점 커지고 땅에 닿을 큰 귀가 되어갔죠 긴 코에서 뿜어져 나오는 태초의 시간으로 뒷걸음질 쳐 걸었지만 이해되지 않는 발자국은 들리지 않아 점점 커지는 당신의 귀 이젠 두 귀를 땅에 대고 누워버렸네요 들리나요, 당신을 향해 걷고 있는 발걸음 당신을 흉내 내며 공원 안을 돌고 있어요 귀와 귀를 맞대고 공원 안을 걸어봐요 내 커진 귀에 당신의 귀를 붙여봅니다 바람이 훌쩍 편지를 데려가네요 당신께 드리는 공원의 선물입니다

그때 고리를 잠그지 않았다

이연숙

주물처럼 무거운 고리가
걸리지 않은 저녁
잣나무 숲속에 쇳덩이처럼 무거운 바위
지문처럼 찍힌 별과 달의 소리
사소하게 살아 밥을 먹고 말을 하며 부대낀다
한 방향으로 걸치고 끼워진다는 것이
다시 문이 되어 열렸다가 닫힌다
영혼의 저녁이 평범한 저녁처럼 저물며
연기처럼 밥 냄새가 고봉으로 쌓여 있다
새벽이 오기 전
다시 차가워지는 흙 속
새들의 발자국
하나 둘 셋
주물처럼 찍혀있다

얼음 조각상 석가모니

이영경

이 세상에 태어난 성스러운 한 분
석가모니 조각상을 달빛으로 가득 비추고

태백산 정기를 품고 얼음 조각상으로 탄생
사소한 슬픔까지도 보듬어 주시는 마음

겨울의 차가운 공기는 석가모니 조각상을 굳건히 하고
흰 눈은 소복이 그 위에 축복을 내린다

'진리를 등불로 삼아 진리에 의지하라'며
석가모니 부처의 가르침은 세계로 퍼져나간다

고래에게

이용하

고래 화석을 본다.
층층의 퇴적층에 수천만 년 눌린 화석,
납작하게 압착되어 있다.

저 고래의 세상은 결코 작지 않았으리.
태평양부터 대서양까지 남극해부터 북극해까지
온 바다를 호기롭게 누볐으리.

새내기 대학생들을 본다.
오랫동안 입시에 짓눌려 시각은 눈앞으로 쏠려있고
꿈꾸는 세상은 웅덩이만큼 축소되어 있다.

저들을 바다에 풀어줘야겠다.
꿈이 돛폭처럼 팽팽히 부풀어 오르면
파도를 차며 먼바다로 나아가리라.

소국小菊

이윤학

아프지만, 올해도 흰 소국은 조금 번져 피어있다
탐스럽다, 배낭의 몽돌을 꺼내 돌무덤에 얹는다
낳자마자, 묻어야 했던 너를 흰 소국의 향기가 기억한다
이런 나라도 있어 다행이지 않느냐, 오늘은
장롱에서 꺼내온 배냇저고리 보자기
끌러 놓고 넋이 나간 하늘을 바라본다
어느덧 환갑이 지난 나이지만 오늘은
죽은 너를 삼베에 싸 야산 정상 평지 황토
돌무덤을 쓰던 스물둘 입동立冬에 와 있다
보온 통에 담아온 분유가 식어간다
돌무덤과 흰 소국에게 미지근해진
젖병의 분유를 짜 먹인다 나만이
알고 있는 너의 이름을 불러본다

길 위에서 1

이혜선

나의 길을 찾아 오래 헤매었다

눈 감으면
날 기다려 울고 있는 길이 보였다
눈 뜨면 나는
연기 나는 사람의 마을 끝에 서 있었다

나의 길을 만나지 못하고 오래 헤매었다

나의 심장 갈라터진 안쪽에서
오랜 시간, 나만을 기다리는 길을 만났다

아무도 없는 그 길
아무도 안 간 그 길
다리를 끌며, 가시밭길 더듬어
홀로 그 길을 걸었다

오늘도 반가운 그 길을 걸어간다

그것 때문에 모든 것이 달라졌다*

* 로버트 프로스트의 「가지 않은 길」에서 차용.

반달

이희경

그리움이
차올라서
떠나간 빈자리는
달무리로 감추었다
오가는 구름만
머물다 갔다
잡힐 듯 잡히지 않는
물에 비친 달그림자
내 반쪽
마주보는 눈길
떠난 사랑
어떻게 할까
네가 없으니
여기도 빈자리

마음

임보선

멀어진 만큼
물러선 만큼
사랑한 만큼
분명한 거리

좁혀질 것 같은데
금이 간 틈새로 자꾸만 가라앉는
보이질 않는 이 어두운 무게
어쩌랴

온몸 찔러대는 가시는
그림자에 박아두고
서럽게 떨며 돌아서는 이 마음
들키지나 말아야지.

이별 여행

임정숙

가는 사람 보내고
뒷전에 남아
얼얼한 아픔을 홀로 삭이듯

가을엔 버리고 가는 뒷모습에 찔려
우는 눈물이 아름답다

세월을 등에 업고 달리는
계절의 차창 가에는
떠나는 이들마다 노독이 서리고
단풍처럼 술 취한 이들도 어디론가 떠난다

뒤에 남은 이의
아미 사이를 빠져나가지 못한 채
서성거리고 있는
가을을 헤매는 어느 날의 여행

그리운 분수

정민나

구술 채록을 마친 심장은 뻐근하다. 서울수복 피란 평양 땅굴 포로수용소 동족 전쟁…… 잠을 자도 머릿속을 빙빙 도는 해. 과부화된 심장을 식히러 멀리서 걸어왔는데 여기까지 오느라 다리도 아프고 가슴도 뻐근한데 분수는 꼭지를 잠그고 휴가를 떠나버렸다. 물의 현관이 조용하다. 플래카드 어지럽게 펄럭이고 상처를 낮게 한다는 이 나라의 법은 트램을 타고 파리 외곽을 돌고 있다. 내가 떠나온 나라의 복잡하게 얽힌 지도는 마음속에 꼭꼭 접혀 있어 폐활량이 넉넉한 분수를 열지 못하고 사이렌은 '청결'이라는 이름만 남은 분수를 지나가며 운다. 노란 조끼를 입은 시위대는 과부화된 구름 주머니 그 속에 손을 넣고 날아다니는 새. 남과 북 꼬불꼬불 다른 방향에서 기어나오는 길처럼 불협화음의 시계는 채각채각 여기까지 걸어왔는데 시원한 물줄기, 청결의 분수가 사라졌다. 심장을 지그시 누르며 분수대 앞에서 파업하는 대로를 바라본다.

길에 대한 리서치

정숙자

정다운 오솔길, 얼었다 풀린 진흙길, 예기치 않은 빙판길, 돌아 나온 골목길, 땡볕 깔린 자갈길, 툭 터진 바람길, 별 쏟은 난바닷길, 앞뒤 모를 굽잇길, 구름 고운 뒤안길, 하늘만 믿는 비탈길 자! 당신은 타인에게 어떤 길인가?

구름이 들려주는 시

정우림

초원에서는 구름이 말을 한다지 그 말귀를 잘 알아들은 말과 양 떼가 그 노래를 따라 부른다지 야크는 천천히 걸으면서 읊조린다지 눈 속에서 꽃대를 밀어낸 에델바이스가 여름의 눈썹으로 피어난다지 그렇게 천천히 푸른 풀밭을 산책하며 건너간다지 짧은 여름이 온다지 구름이 말을 건네면 풀을 뜯는다지 향기 나는 꽃은 먹지 않는다지 오물거리는 입가에 향기가 묻어난다지 구름은 어린아이 발자국을 따라간다지 바람의 손을 잡고 오래 기다린다지 밤에는 별의 어깨를 두드려 주고 그러다가 울기도 한다지 구름의 틈 사이로 번개를 치고 비를 쏟아 낸다지 아주 멀리서 다가온다지 구름은 초원을 어루만진다지 때론 빠르게 때론 무섭게 두드리다가 초원이 깜짝 놀라 길을 내고 강을 만들게 한다지 그러다 구름은 초원을 다독인다지 자라나는 어린 짐승들을 보살핀다지 초원에서 함께 뛰어논다지

헤이리

정윤서

헤매던 것을 멈추었던 헤이리
밤 하늘의 별들을 헤는 헤이리
나만의 커리어를 헤던 헤이리
나만의 에로티시즘도 헤는 헤이리
버리러 왔던 곳에서 버리지 못한
나만을 헤다가
거대한 책장만을 헤매다가
헤매였던 너는 정작 헤지 못한 채
끝내 너를 버려야 했던 헤이리

할무니

정일주

할무니 손자 보면 걱정이 태산
니는 언제 결혼 하노
계획 없어요, 니 지금 뭐라카노

할무니 저 결혼 안 해요
그라믄 우리 집안 누가 지키노
니는 앞날도 없이 개기는 재미로 살믄 우짜노

여자가 없어요
멀쩡한 니가 가시나가 와 없노
니 고자아인가, 신체 건강해요.

할미 때는 알라 키우는 재미로 안 살앗나
할부지 덕으로 우리경제가 요만큼 발전 한기라
얼렁 가시나 데불고와 후딱 해삐라

대대손손 자손이 풍성했던 우리 집안
이제는 대 끊긴다며 할무니는 걱정이 태산
견犬 세상 되겠다는 소리에 검둥이 멍 멍멍

매트릭스

정지윤

아기의 우유병에 곰팡이가 파랗다 죽은 아기가 일어나 키보드를 두드린다 아기는 PC방으로 간다 햇빛이 등을 돌린 재떨이에 몸을 태우는 여자가 모니터에서 딸랑이를 꺼내준다 이이템이 가득한 젖병, 통통한 아기는 깔깔거리고 유모차는 모니터 위를 날아다닌다 키보드가 출렁거린다

    최고로 키울 거야
    엄마 나 여기 있어
    넌, 그냥 게임이야

여자가 마신 콜라 한 병과 우유 한 팩이 쓰레기통에 처박혀 있었다 젖이 퉁퉁 불은 모니터는 멈추지 않는다

중섭의 소

정희성

유배지의 밤은 깊고 길었다

그믐달을 도와 싸리문을 열면
위리안치 탱자알들이 눈을 부라렸다
수선화의 꿈은 알뜰하나 님은 멀었다

오늘은 대작을 그릴 거외다
서귀포 섶섬 밀물에 나가
한바탕 앞섶 풀어헤치고 오니

마음속 정처 없던 소 한 마리
고분고분 바람을 뜯는다
되새김을 끝낸 자리
그리움이 그림이 되었다

아내에게 속삭이던 그리움이
껄껄껄 파안대소로 피었다

화려한 가을은 지고

조미경

한 폭의 수채화를 닮은 나무
헐벗고 굶주린 이리처럼
앙상한 가지만 드리우고
을씨년스러움을 간직한 채 서 있다

초록 물결이 가득 피어 있던 담
타다 남은 재만 남아
비련의 여주인공처럼
주름투성이 손만 남아 있다

환희를 간직하고 있는 가로수
낙엽은 타다만 담배꽁초처럼
말라비틀어진 잔해만
어지럽게 여기저기 뒹굴고 있다

수북이 쌓인 낙엽은 물먹은 솜처럼
제 한 몸 가누기도 힘들어
저렇게 누워 있나 보다
가을은 결국 떠나고 말았다.

밤꽃향

조병무

베란다 창문을 열면
초록의 바다를 이룬 숲
밤나무로 가득찬
낮은 산언덕 곁에
하이얗게 늘어진
밤꽃향기가 바람을 타고
나에게로 온다

어디선지 비둘기 한 마리
후다닥 날아와
창틀에 앉아
하이얀 밤꽃향 날갯짓 하다
구구구 몇 마디 하며
고개를 두리번거리다가
목례를 하곤
또다시 후다닥 날아간다

밤꽃 향기 속으로

사라져 버리는 비둘기
숲은 늘어진 밤꽃 향기에 취해
하이얗게 물들고

기억을 닦으면 별이 뜰까

주선미

채울수록 맑아지는 게 있다니
술잔을 채우는 소리
자정을 넘어가면
등짝이 스멀거리고
날개가 돋는다
푸른 어둠에 갇힌 섬을 벗어나면
기억 속에 숨은 것들
아버지의 헛기침 간간이 묻어나오는 마당
박꽃 하얗게 핀 지붕
탱자나무 울타리 넘어
옥수수밭 지나면
무더기로 몰려다니던 반딧불이
도깨비불이야!
엄마 무릎 파고들던 내가
별처럼 반짝였던 곳
먼지 앉은 기억을 꺼내 박박 문지른다
기억을 닦으면 별이 뜰까?

포도알들이 송알송알

주원규

포도알들이 송알송알
매달려 있다

지상의 맛있는 모든 것들을
포도알 속에 쟁여 넣고 있는
포도밭 주인

온몸을 적시는 땀방울은
짜디짠 소금 맛인데
포도알 속에 스며든 땀방울은
새콤달콤
달콤새콤
신비로운 맛이 되어 포도알들
속살을 채운다

오오, 흑진주 빛으로 익어 가는
포도알들

숨결

지연희

생명의 숨결이 대지의
깊은 골짜기로 스며들기 시작한다
환히 피어나던 한 송이 꽃이다
맹독성의 씨앗이 뿌리로 뻗던 한 시절
나무가 되었다가 바람이 되었다가
향기이거나 허공이거나, 기어코
찢기고 부서진 일상의 파편들 속에서
우두커니 낙엽의 초상肖像이다
거부할 수 없는 안개의 늪
너의 내부를 대신할 파쇄되어진 내력들
끌어안고, 고요한 침묵으로 버무려진
자욱한 안개의 역사
누군가 서둘러 달려가고 있다

끝내 돌이킬 수 없는 한 줌의 기억
자욱한 안개가 세포와 세포를 깁는다

길은 사람들 속에

차옥혜

길을 찾아 홀로
산속 헤매었으나
내가 지나간 자리 나무 무성하고
벌판 헤매었으나
내가 밟은 자리 풀이 덮고
바다 헤맸으나
내가 배 탄 자리 파도 휩쓸어
나는 결국 절벽 앞에 섰다

사람들 함께 간 곳마다
절로 길이 생겼다
사람들
손과 손 모인 곳
발과 발 모인 곳
맘과 맘 모인 곳
길이 환하게 뚫렸다

팬티 브라자

최민초

　사람이 텔레비라는 상자 안에서 말하는 것도 신기하고 상자 안에서 예쁜 여자가 부끄러운 줄도 모르고 뻔뻔스럽게 팬티 브라자! 팬티 브라자! 외쳐대는 것도 신기했다 팬티 브라자! 그 단어도 신기한데 여자 속옷을 대놓고 선전해 대는 예쁜 여자가 민망하여 얼굴이 화끈거렸다 어린 나는 힐끗 아버지 눈치를 살피고 오빠들에게 부끄러워 눈도 못 마주치는데 이상하게도 언니랑은 묘한 동질감을 느꼈다 언니도 민망한지 텔레비를 자꾸 외면하는데 눈치 없는 막내 오빠가 자기 젖퉁이를 감싸 쥐고 누나! 누나! 팬티 브라자! 팬티 브라자! 과장되게 흔들어댔다 언니는 눈을 홉뜨고 엄마는 주먹코를 보이고 나는 울듯 눈을 내리깔았다 내 턱 밑에 납작 엎드린 막내 오빠는 헤이! 야마꼬! 야마꼬!(꼬마야를 거꾸로) 팬티 브라자! 팬티 브라자! 젖퉁이를 흔들며 나를 골려댔다 아버지는 어험! 헛기침만 해대고 그의 윗형들은 터지려는 웃음을 꼭 깨물고 엄마는 계속 종주먹을 대고 언니는 막내 오빠 등짝을 후려치고 막내 오빠는 계속 팬티 브라자를 외쳐대고 나만 괜히 죄인처럼 고갤 숙이고 여동생은 뭔 말인지 눈만 껌벅이고

청음실

최병호

음악에는 하얀 힘줄이 들어 있어

여름에서 온 편지에는 사과나무 위로
비구름이 맨홀 뚜껑처럼 펼쳐져 있고
악보는 물에 젖어 걸음이 더디기만 했어

비가 소리로 내리는 밤은 뱀의 걸음

소리가 거칠어질수록 손을 꼭 쥐어야 했어
시간이 안고 있는
앞산의 윤곽, 붉은 벽돌집 지붕, 새들이 숨죽이고 있을 낙엽송
들이 보고 싶었어

바람결을 귀로 배우는 크로노스가 없는 순간에도
소리가 만들어내는 원

향기도 시선도 없는 진공 상태에서
여름의 힘줄은 태양의 속도로 자라고 있을까

마른 형광펜

최승철

떠돌이 고양이가 거실에 들어와 앉아 있다. 지구의 기울기와 내장 기관의 기울기가 같다고 한다. 얌전히 소파 위에 앉아 있는데, 신체 없는 정신이 존재할 수 있다면 저런 자세이겠구나 하는 포즈로 나를 본다.

나는 과거가 아닌데도, 가난한즉 친구가 없다*

육류의 비린내를 없애기 위해 월계수 잎을 넣었는데 황사가 몰려온다. 하늘에는 황천길이 있고 지상에는 개나리꽃이 피었다. 꽃 한 송이의 의지가 피어있다. 위험 표지판 위 CCTV는 텅 빈 하늘을 비춘다.

미역국에 파를 넣으면 칼슘 흡수를 방해한다. 애인이 카드 빚 때문에 공인인증서를 도용하지 않았을까 의심하는 밤, 개인의 자유는 민중의 자유에서 나아진다**. 빗방울의 시선에는 푸른 하늘이 비칠 듯 아련한데, 허공으로 떠난 것들은 발자국을 남기지 않는다.

* 나는 과거가 아닌데도, 가난한즉 친구가 없다: 성경 잠언 19장 4절 변형.
** 개인의 자유는 민중의 자유에서 나아진다: 매헌 윤봉길 의사의 『농민독본』 중에서.

꾸밈없다고 꿈이 없나?
─ 소금에 관한 명상 · 60

최영록

3%의 염도로 부패되지 않는 바다
갯물은 늘 소금되는 꿈을 꾸며 산다
폐허와 소멸의 지시대명사 닻 내린 염전

스산한 위안과 곤궁한 평화의 간수
한참씩 마음을 안치다 온 결정체
닿을 수 없는 떠도는 섬,
사람 없는 섬마저 될 수 없는 그곳

소금물은 해발 0미터 등고선
갯골의 마지막 표면장력이라 하자
태초의 말씀으로 버석버석 빚어진
화들짝 살아있는 맛이어야 하거늘

그믐밤에도 하얗게 몸빛을 발하는
관음 속살로 스미는 짜디짠 광합성의 아우라
눈부신 소금버캐 발기를 어찌할까나

어즈버! 매듭달의 겨울은 이미 봄인 것을

[······]

속초에서

최 원

남은 귀향길 삼백 리
도루묵 그물털이가 한창인 속초항에서
비린 개바람 타고 훌쩍 원산항으로 날아간다.

명태 따는 엄마들 손 풍로 위에서
익어 가는 명란구이
동네 개패장이 모다귀에 실명하는
덕장의 북어들
안변 능금밭에서 저절로 익어가던
한 알의 추리
청어 미끼로 낚아 올리던 철공장 석축의
뒤룽 털게
그 신명을 개천에 띄우고
희희낙락으로 멱 감던 우리들

만나고 싶은 유년이 새록새록 돋아난다
살길 찾아 떠난 연어 떼가
왜 남대천으로 되돌아올까

살길 찾아 떠나 온 내가
왜 그곳을 못 잊어 할까

탓하지 마라
내가 자라던 그 일상의 습관
그 시절의 이슬 같은 순수가
방울방울 이어진 몇몇 기억이
아스라이 살아 있는 그곳

죽어서라도 동해 바다 큰 너울에 올라앉아
흘러 흘러 그곳에 가고 싶다.

바깥의 마음

한백양

    생각하고 있다 안색을 바꾸는 방법, 개를 기르는 집에서 기르지 않는 집으로, 소란한 아침에서 소란으로, 나는 이제 말이 없는 사람들을 배웅하는 일을 멈춘다 탁, 소리와 함께 흔들리는 물질을 손발이라고 부르는 것, 손발을 따라 가볍게 찢어지고 흐트러지는 투명함을 아침이라고 부르는 것, 오늘의 할 일이 선명해진다 얼굴을 몇 번 문지른 후에도 얼굴을 이해하지 못하고, 무슨 일 있냐고 말하는 사람에게 아무 일이나 말해야 하는

    나를 끌고 교차로에서 사람을 만나는 것, 만나기로 한 사람이 아니므로 나는 얼른 웃고, 사람 또한 웃기 시작한다 서로 다른 박자로 같은 답을 내밀었음에도 끊어지지 않는 길, 사람을 만나고, 이번에는 웃어야 해서 웃었다고, 돌아오는 전철에서 한 번 더 웃었다 내려서 들른 편의점의 알바생은 잠들어 있고, 웃어야 하는데 나는 웃음을 다 써버렸고

    아무 일도 빚어지지 않은 하루가 끝나간다 문고리를 만졌으므로 내 생각을 말해도 될까, 어떤 일이 있었는데 그것을 일로 여기지 않는 마음은 정말로 마음일까, 문을 닫기 전에 바라본 길에선

누구나 마음 앞에서 팔짱을 끼고 있다 꽃잎이 사라진 꽃처럼, 생각할 때는 스스로를 숨길 수 없다는 걸 다들 생각하고 있다

별이 빛나는 밤

허진석

수숫대 위로 밤이 떠올라
이승의 또 하루가 문을 닫을 때
멀리서 천둥처럼 또 함께 달리는
짐승의 행렬처럼 시간이 들이닥치네

새로 땅을 일구고 낱알을 심고
이마에 선명한 칼자국 따라
핏빛 머금은 땀이 흘러내려도
대지란 어차피 지나간 자의 흔적이니

우물 길어 넋을 씻고 낮은 지붕을 찾아도
촛불 한 자루 밝혀 세울 곳 없느니
닫은 적 없는 창문 저편
먹물을 풀듯 여러 겹 어둠이 일어서고

별이란 죽은 자들의 반짝임이라
저토록 하늘 가득히 울고 있느니
일렁이는 슬픔이 저마다의 자리에서
이리 오라 이리 오라 손짓하는 밤

모루는 내 안에도 있다

홍신선

반 너머 고사목이 된 밭둑의 호두나무는
모루를 제 속 어딘가에 감춰두고 살았나 보다.
간혹 비바람이나 눈보라 지나갈 때,
또는 이상기후로 폭염이나 혹한에 지칠 때
모루를 꺼내 저를 올려놓고 시우쇠 패듯 패고는 했나.
번갈아 쇠메로 패고 때려 다시 담금질하고 또 두들기는
그런 시우쇠처럼 긴 시간을 살아온 거 아니었나.
저 겉몸에 난 숱한 터진 자리나 이지러지고 뭉개진 곳곳 옹이들이
유난히 그렇게 보일 때가 있다.

이따금 늦은 밤 홀로 누워 뒤척이다 보면
내 안에서도 까닭 모를 탕, 탕, 탕 모루 치는 소리를 듣는다.
산다는 게 저 고사목이나 내나 다 그런 것 아니었을라.

우물과 맨드라미

황사라

　도르래로 물을 끌어 올리던 외숙모 두레박에 입이 없는 외숙모 얼굴이 담겨 있었네 눈가에 파리한 돌이끼가 낀 외숙모 비릿한 물 냄새가 묻어나던, 밤마다 우물가에선 우우우 달빛 소리 어둠 속에서 빨래를 치대던 외숙모 바지랑대 걸쳐 놓은 광목이불이 수의처럼 휘날리고 외삼촌과 나란히 앉아 있을 때도 마당 한켠 맨드라미만 쳐다보던 그녀 바다 동네에서 왔어도 몸에 비늘 하나 없던 외숙모 꼭 쥔 내 손 펼치며 손바닥에 쥐어주던 비늘 한쪽 흰 한복치마 밑으로 피어 흐르던 빨간 꽃잎들 새벽녘 마당에 모여 웅성대던 사라졌어사라졌어사라졌어 두레박 속에선 비늘만 건져지지 키가 클수록 찔릴 곳은 많아지고 비늘은 비닐처럼 질겨져 모두가 빠져나간 빈 마당 가운데 빨갛게 녹슨 두레박만 남아 있었어

비인칭

휘 민

그는 자신의 몸을 깊이로 바꿈으로써
인생의 진짜 주인이 되었다

길 위에 남겨진 망설임을 포기하고 나서
한 평도 안 되는 공간의 주인이 되었다

비석이 세워졌지만 생졸년만 기록됐을 뿐
그의 이름은
어디에도 남아 있지 않다

이제 막 우주의 한 면이 된
그의 얼굴을
바람이 어루만지다 간다

그의 무덤 앞에서 침묵은
오래 서성이다
고개를 숙여 경의를 표한다

이제 막 자신과 동격이 된

한 사람의 고독을
구름이 무료하게 내려다보고 있다

산문

얼굴

박인걸

요즘 들어서 거울에 비친 내 얼굴을 자주 들여다본다. 늘 그 얼굴이지만 새삼 달라 보이는 것 같다. 얼굴은 주름이 늘고 탄력은 없어져 이제는 중년의 나이로 비쳐 보인다. 나이 또래에 비해 동안이란 소리를 많이 들었지만, 세월 앞에 장사 없듯 결국 내 얼굴도 세월을 거슬릴 수 없는 시간을 맞이하는 중이다. 그렇지만 얼굴을 자세히 들여다보니 얼굴 각 부위마다 주름과 탄력이 달라 어떻게 보면 아직은 젊은 것 같고 어떻게 보면 제 나이가 들여다보이는 것 같다. 얼굴에 그동안 살아온 모진 풍파 이력이 조금씩 쌓여 보인다. 각도에 따라 친근한 모습 또는 무서운 모습 아니면 평범한 이웃집 아저씨 모습 등 한 사람의 얼굴 모습에서 살아온 인생의 역정을 짐작하게 한다.

모든 동물은 얼굴이 있다. 공통으로 갓 태어났을 때 뽀송뽀송한 얼굴, 젊었을 때 매끈한 얼굴, 그리고 나이 먹었을 때 주름진 얼굴 모두 비슷한 과정을 거친 얼굴을 간직한 채 일생을 마감한다. 그러나 동물들 얼굴에서 살아온 세월의 얼굴을 짐작하기는 어렵다. 그저 아직은 어린 얼굴 또는 나이 먹은 얼굴, 이 정도로만 짐작할 수 있다. 물론 각 동물 세계에 소속해 있다면 서로서로가 얼굴의 모습에 따라 짐작할 수 있지만 사람이 볼 때는 동물들의 얼굴에서 어떻게 살아왔는지 알 수 없을 것이다.

사람도 마찬가지로 남, 여 불문하고 동양인을 서양 사람이 평가하기 어렵고 서양인이 동양인 또는 아프리카, 중동 사람들 얼굴을 평가하기는 어렵다. 대충 짐작할 뿐이다. 결국 인종과 지역 환경에 따라 얼굴 모습은 각양각색으로 그 사회에서 알아보는 모습일 뿐이다.

정신이 얼굴을 지배하는지, 얼굴이 정신이 지배하는지 판단하기 어렵지만 대부분 정신이 얼굴을 지배한다고 생각한다. 또한 어떤 집단에 소속되어 살아온 것에 따라 얼굴 모습이 달라진다. 매스컴에서 나오는 정치인 얼굴은 근엄하고 비장한 얼굴처럼 보이고 드라마나 영화에 나오는 얼굴은 잘생기고 신비롭게 보인다. 이에 반해 범죄를 저지르고 나타나는 얼굴은 아이러니하게도 흉악한 범죄자 얼굴이 아니고 늘 옆에 있는 평범한 사람의 얼굴이다. 왜 그럴까? 아마 이것은 보통 사람도 한순간에 욕망의 그늘에서 벗어나지 못하여 생긴 일이라 짐작한다. 그만큼 어느 순간에 나쁜 정신이 얼굴을 지배하여 범죄를 일으키고 또 정신이 돌아왔을 때 수치심에 얼굴을 감추려 한다.

우리는 역사를 공부하면서 위대한 사상가나 철학자 또는 정치인들 이름을 숱하게 공부하고 외운다. 그리고 그들의 얼굴은 초상화로 전해오는 수염이 멋진 얼굴로 기억되고 있다. 최근에 지구촌 곳곳에서 전쟁이 벌어지고 있다. 전쟁이 벌어지는 그곳에 전쟁을 일으킨 사람과 방어하는 사람 모두 그 사회 최고 지도자다. 국민이 그 사람을 지도자로 뽑아 그 나라의 운명을 맡긴 것이다. 전쟁으로 인한 참혹한 운명을 가져오리라는 생각을 하지는 못했을 것이다. 다만 그 정치인 언변과 얼굴을 보고 나라를 잘 다스릴 줄 알고 뽑았을 것이다. 그런데 뽑고 나니 어느덧 뽑은 사람의 운명이 뽑힌 사람 정신의 지배하에 놓여 전쟁 소용돌이 속에 휘말려 미래를 알 수 없는 인생이 펼쳐진 수많은 사람이 있을 것이다. 누가 그런 줄 알았겠는지 한치도 알 수 없는 세상이다.

얼굴 속에 가려진 생각을 읽을 수는 없는 것이다. 사회생활을 하면서 이런 사람 저런 사람을 숱하게 만나게 된다. 그런 가운데 우연히 조폭 우두머리도 만나보았고 또 반대되는 정치인 등 각종 분야에 종사하는 사람도 만나 술 한잔을 하면서 그들이 살아온 인생 이야기도 들어 보았다. 그때는 한결같이 어떤 집단에 소속되어 있는 위치가 아닌 순수한 개인의 한사람으로 이야기하였을 때는 평범하고 보통 사람으로 노포 촌에서 만나 자기의 과거 얘기를 영웅담처럼 늘어놓는 그저 그런 사람이었다. 그러다 어떤 형식이든 다시 만난 자리가 집단에 이해관계 있는 자리 또는 행사에서 만나보니 엊그제 만난 그 사람이 아니었다. 물론 하는 모습이나 얼굴도 아니었다. 강력한 카리스마를 품에 안고 휘하 사람들 속에 묻혀 전혀 다른 모습으로 인사도 건성건성 하면서 자신의 위치가 이런 사람이었다는 걸 멀리서 서로 바라보며 엊그제 너하고 만난 내가 아니니 그런 줄 알라고 눈으로 말하고 있었다. 헤어지며 아쉬움과 사람의 이중성에 놀라고 말았다.

얼굴은 역사를 기록하고 있다. 세상을 어지럽게 만든 얼굴 또는 역경을 물리치고 평화롭게 만든 얼굴 그리고 인간이 태어나서 살아가는 동안 의지하며 구원에 손을 내밀어 주길 기원하는 부처님 그리고 예수님 얼굴 등 신의 얼굴이 우리 내면의 상상 속의 얼굴이다. 인간은 나약한 존재이기는 하나 마음먹기에 따라 강력한 존재가 되기도 한다.

피천득 수필가께서 번역하여 중학교 교과서에 실린「주홍 글씨」로 유명한 미국 작가 너새니얼 호손「큰 바위 얼굴」단편소설이 생각난다. 굳이 세세한 내용을 말 안 해도 누구나 알 수 있는 작품이다. 주인공이 일생을 살면서 큰 바위 얼굴처럼 닮은 인물이 나타나

길 기대하며 살았지만 결국 아무도 나타나지 않았고 모든 사람은 주인공(어니스트)이 큰 바위 얼굴이라 하며 외쳤지만 정작 주인공은 또 다른 큰 바위 얼굴이 나타날 것이라 말했다.

어지러운 세상에 우리는 아직도 이육사 시인의 시 광야에서 나오는 백마 타고 오는 초인을 기다리고 있는지도 모른다. 만약 초인이 온다면 어떤 얼굴인지 궁금해진다. 오늘 내가 거울 보면서 스스로 묻는다. 내가 백마 타고 오는 초인이 될 관상인가?

AI 창작대행 시대

신상성

작가들은 이제 창작할 일이 없어졌다. 목숨보다 더 중요한 고유의 영토와 영역을 강탈당하게 되었다. 작가들의 생명줄이자 존재론이었던 창작의 끈을 잔인하게 잘리게 되었다. AI 창작이 한순간 예술가들의 특유한 송과체를 날려버린 것이다. 아니 좌뇌를 간단히 잘라가 재창작해 내고 있다. 단순한 재창작이 아니라 인간의 지능지수보다 수조 배 이상으로 재폭발 할 수 있는 현실이다.

AGI 창작물은 지구를 덮어버릴 것이다. 작품 물량은 은하수보다 더 많이 떨어질지도 모른다. 문인들은 이제 기계가 제작해 낸 문학 작품을 거꾸로 독자로서 읽어야 할지도 모른다. 실제로 지금 당장 OpenAi 등에 들어가 '가을비 제목으로 시 한 편 써줘!' 하면 단 1분만에 생성형 AI 창작시가 나온다.

더욱 참담할 일은 자기가 쓴 것보다 더 잘 쓴 창작품이란 것이다. 물론 기계 창작이지만 저작자가 애매하다. 문제는 똑같은 '가을비' 제목을 다시 명령하면 또 전혀 다른 내용의 시가 나온다. 이렇게 되는 이유는 AI 자체가 지구상 도서관 또는 예술 창작물 책과 텍스트, 이미지, 음악 등을 다 수집하여 저장한 빅데이터이를 활용하기 때문이다.

순수 창작물인 것 같지만 실제는 기계가 조합 생성해 내는 메커니즘 재창작일 뿐이다. 이것을 악용할 수 있다는 게 더 큰 문제이다. 영업적으로 짜깁기 대량생산이 가능하기 때문이다. 예컨대, 최근

유럽의 유명 미술작품 공모에 AI의 작품이 최우수작으로 선정되었다. 작가 본인이 양심선언을 하고 수상을 거부했다. 이런 양심적 미술가가 얼마나 될 것인가.

유튜브에는 피카소 유형의 모나리자 얼굴합성 창작성(?) 그림도 횡행하고 있다. 유료 작곡대행 회사 등도 폭발적으로 증가하고 있다. 작사 몇 줄로 BTS 유형 노래가 몇 분만에 조작이 아닌 조성곡이 나온다. 그렇다면 저작권은 누구인가, 조성한 인간인가, 조작한 AI인가, 아니면 원음의 BTS에게도 일부 지분을 주어야 하는가.

세계적 언론사들은 오픈에이아이 등 AI 회사들에게 원천 저작권을 내야 한다고 주먹질하고 있다. 그렇게 되면 전세계 문학가들도 똑같이 자기 창작품 원전 텍스트의 저작권을 요구하게 될 것이다. AI 회사들은 전 인류의 책들을 빅 데이터로 저장해서 수익을 창출하고 있기 때문이다. 이 순간에도 문학 음악 미술 건축 무용 등 전 분야에서 손오공 눈썹같이 지구촌을 함부로 날아다니며 영업하고 있다.

그러나 또한 간의 편의성을 위해 개발해 낸 AI 회사들은 억울하지 않을 수 없다. 제3의 인류혁명을 위해 구글, 엠세스, 아마존 등 천문학적 자금을 투입하여 개발해 왔기 때문이다.

한국도 세계 4위권이다. 미국 중국 캐나다에 이어 우리나라가 하드 웨어 및 일부 소프트 웨어 등에서 지속적으로 성장하고 있다. 이제 AGI를 두고 치열하게 경쟁할 것이다. 최근 영국, 독일, 일본도 가세하여 국가적 미래 먹을거리 운명이 달려있다.

의학과 법학 분야에서는 이미 일부 활용되고 있다. 고대의 함무라비 법전부터 최근의 글로벌 법전이 싹쓸이로 저장되어 있다. 인간 두뇌에 기억된 육법전서보다 더 정확한 빅 데이터로 체계화되어 있다.

그래서 재판대행 회사도 나타날지도 모른다. 감정에 치우치는 인간 판사들보다 냉정하고 정확한 AI가 판결하는 것이 더 평등하고 객관적일지 모른다. 형법 제 몇 조 몇 항까지 범죄사실을 적시하여 '당신은 딱! 몇 년 형!' 방망이를 두드릴 것이다. 재판 뒷거래가 없다. 인지상정 정황은 보조적일 뿐이다. 기계가 인간을 재판하다니? 재미있지만 잔인한 세상이 되었다.

아버지의 붉은 자고새

유혜자

영화『마르셀의 여름』(이브 로베로 감독, My Fathers Glory,1990)을 보면서 내가 아버지를 자랑스럽게 여겼던 일을 떠올려보았다. 영화에서 큰 아이들을 가르치는 교사 아버지를 자랑스럽게 여기는 마르셀은 아버지, 이모부와 함께 농장으로 여름휴가를 간다. 신과 같은 존재인 아버지가, 이모부에게서 사냥에 대해 배우는 모습에 충격을 받고 실망도 한다. 마르셀은 몰래 아버지와 이모부의 사냥터에 따라간다. 마르셀은 아버지에게 유리하게 하려고 아버지 앞으로 새를 몰아주려다가 길을 잃어버리고, 그곳에서 만난 릴리의 도움으로 길을 찾는다. 그 순간 총소리가 들리고 마르셀 앞에 새가 떨어진다. 아버지가 잡은 붉은 자고새였던 것이다. 붉은 자고새를 잡는 것이 사냥꾼들의 꿈이라는데 아버지는 두 마리나 잡게 되고, 마르셀에게 다시 자랑스러운 아버지가 된다.

마르셀 파뇰(Marcel Pagnol 영화감독, 극작가 1895-1974)이 60이 넘은 후 자신의 어린 시절을 회상하며 쓴 자전적인 소설을 로베로 감독이 영화로 만들었다. 아홉 살 어린이의 시선으로 바라보는 세상, 여름방학, 어른들에 대한 추억이 동화 같다. 울창한 산의 온갖 새들과, 백리향과 샐비어가 널린 벌판 등 아름다운 자연풍광이 나의 어린 날을 추억하게 했다.

유년시절 읍내 소방서 서장이어서 학교 행사 때면 천막 친 단상에 초청받아 앉아계시던 아버지가 자랑스러웠다. 소방서 사무실에 나가면 벽에 걸린 바닷물이 파란 세계지도를 보는 것이 좋았고 소방서원 아저씨들도 잘해 주었다. 특히 설날이면 소방대원들이 편을 갈라 윷놀이를 했는데, 아버지편이 이겨서 군것질을 나눠 먹던 것도 신나는 자랑거리였다.

최근 이사하면서, 아버지가 생전에 머리맡에 놓고 아끼던 머릿장을 안방에 내놓았다. 마르셀 파뇰처럼 아버지를 신과 같은 존재로 여기던 시절에 아버지가 서류 등을 넣어두던 것이다. 사탕이 귀하던 때라 새콤한 레몬사탕을 거기서 하나씩 꺼내주기도 했고, 학급에서 1등한 통지표와 상장도 넣어두고 친지에게 자랑도 하셨다. 그리고 그 안에는 여행에 관한 책과 언제, 어떻게 받은 것인지 '賞' 자가 찍힌 『백범일지白凡日誌』 한 권도 있었다.

6·25전쟁 때 허둥지둥 피난 짐을 싸면서도 할머니께서는 반닫이보다 아버지의 머릿장을 챙겨 간 덕에 지금까지 내게 남아 있다. 다른 골동품과 가구는 집에 두고 가서 폭격으로 불탔는데, 유일하게 남은 것이 신기하다. 나는 한동안 구석방에 밀쳐두었는데, 그 머릿장이 우리네 전통적인 고가구가 아니고 일제 강점기에 구입한 일제여서 소중하지 않게 여긴 것이다. 아니 그보다도 아버지에 대한 추억이 영화에서 아이와 어른들이 유쾌하게 소통하던 것과는 다른 내용이었기 때문이다.

아버지 가신 지 50년이 넘고 보니 아버지에 대한 자랑스러움보다도 자라면서 오해와 섭섭함이 많았던 것이 후회되며 속죄하는 기분으로 잘 보이는 곳에 내놓은 것을 누가 알까.

마르셀처럼 아버지가 자랑스럽던 시절은 오래 가지 않았고, 그 명예를 지켜드리려고 노력해 보지도 못했다. 6·25전쟁 휴전 후, 소방서가 민간 의용소방대로 개편되어 소방대장 자리가 없어졌다. 나도 열 살이 넘어 소방대장 아버지가 별로 자랑스럽지 않은 나이가 되었어도 조금은 섭섭했는데, 아버지의 실망은 크셨던가보다. 술을 과음하셔서 어린 우리들을 주눅 들게 할 때가 많았다.

'서리병아리 같은 것들'. 푸념처럼 뱉으셨는데, 나보다 위에 태어났던 아이들이 참척하고 넷째인 나부터 자랐던지라 부모에겐 늦은 자녀들이어서 우리가 제대로 성장할 때까지 살 수 있을까, 걱정도 하셨을 것이다. 특히 눈 나쁘고 몸이 약했던 나를 과보호하셔서 자유 없음에 툴툴거리기도 했다. 20리 길을 걸어서 소풍을 가면, 중간에 자전거를 타고 나를 데리러 오는 아저씨를 보냈다. 그런 배려보다도 동무들과 들길을 노래 부르며 걷고 싶은 자유를 빼앗긴 것 같아 며칠 동안 말을 안 했던 것 같다.

대학 진학 때도 집이 대전이었기에 서울에 오래 두기 싫어서 친구들은 4년제를 가는데 2년제 초급대학 아니면 학비를 안 주신다고 해서 얼마나 섭섭했던지. 열악한 학교 형편을 불평하는 편지를 보냈을 때, "학교가 형편없으면 열심히 공부해서 그 학교를 빛내면 되지." 하고 동생에게 말씀하셨다고 한다. 결국은 졸업 후 4년제 대학으로 편입하겠다는 내 고집에 져주신 게 고맙기만 하다. 아니 졸업 후 2년 만에 세상을 떠나셨으니 짧은 앞날을 예감하셨던가 보다.

아버지의 붉은 자고새는 무엇이었을까. 『백범일지』의 김구 선생처럼 애국하는 것이었을까. 사무실에 커다란 세계지도를 걸어두고 여행기 같은 책을 즐겨 읽으신 아버지는 세계 여행을 꿈꾸셨을까. 아버지가 사냥총을 겨눈 쪽으로 새를 몰아주려던 마르셀처럼 지금은 어떤 도움이라도 드릴 수 있는데. 대화를 나누기에 너무 어렸던 자녀들이었으니 이제야 그 외로움을 알 것 같다.

눈이 나빠서 자주 찡그리는 내게 얼굴 펴라고 하던 말씀이 들려올 것 같아 머릿장을 쳐다본다. '賞' 자가 찍히진 않았더라도 『백범일지』 한 권이라도 사다가 넣어야겠다.

나를 사로잡은 문장
— 이혜선 시 '흘린 술이 반이다'

이명지

나의 술병 속에는 술이 얼마나 남았을까? 속을 알 수 없는 나의 술병 속에는….

연재를 마치려니 아직도 못다 한 얘기, 쓰고 싶은 얘기가 너무나 많다. 아니, 흘린 문장이 반도 넘는다. 나를 홀리고 사로잡으며 말을 건넨 문장에 포스트잇을 붙인 책이 책상에 쌓여있고, 따로 적어놓은 노트가 두 권, 휴대폰 메모장에도 셀 수 없이 그득하다.

아직 추수하지 못한 글감 낟가리를 풍성하게 쌓아놓은 기분은 어느 부자도 부럽지 않게 한다. '나를 사로잡은 문장' 60편 연재가 아니었다면 이토록 열심히 읽었을까? 이토록 열심히 알곡을 모았을까? 덕분이다. 휴가를 몽땅 쓰면서도, 잠과 휴식을 줄이면서도, 해외 일정의 비행기 안에서도, 호텔 방에서도, 심지어 투어 버스 안에서도 읽고 또 썼다. 평생 이토록 치열하게 책을 읽고, 문장에 말 걸기를 시도해본 적이 있었던가? 평생 어떤 연인과 이토록 뜨거워 본 적이 있었던가? 어떤 연인이 이토록 치열하게 내 가슴 밑바닥의 것을 퍼 올리고, 때로 냉철한 죽비로 등을 후려치며 함께 울어주었던가? 따뜻하게 끌어안으며 내 삶을 토닥여 주었던가? 나는 마치 60명의 연인과 연애를 한 기분이다. 그의 발에 기꺼운 입맞춤을 한 느낌이다. 그럼에도 놓친 게 더 많고, 아쉬운 게 더 많고 흘린 술이 반도 넘는 것 같다. 인생이 이와 같을까….

"그 인사동 포장마차 술자리의 화두는 '흘린 술이 반이다'"

이혜선 시인이 인사동 술자리에서 들고 온 화두가 털썩 내 옆에 자리를 잡는다. 내가 흘린 것이 어찌 술뿐일까? 놓친 문장의 알곡들은 창고에 쌓아 두었는데, 정작 내가 놓치고 온 것은 잡히지 않는 것들이 더 많다.

엄마 지갑에서 몰래 지폐를 빼내 온 일, 사촌 언니 첫사랑 비밀 일기장을 훔쳐보고 발설한 일은 아직 사과하지 못했다. 명절이면 막내 외삼촌이 최신 유행 학용품을 한 아름씩 사다 주었음에도 나는 여태 과일 한 상자 보내드리지 못하고 살았음을 깨닫는다. 중학생이 되었다고 둘째 오빠가 맞춰준 까만 가죽 구두, 자물쇠가 달린 일기장 선물도 고맙단 인사를 제대로 못 했구나. 귀하고 맛있는 건 막내 몫이라며 손도 안 대던 겨우 두 살 위 막내 오빠, 통학 버스를 기다리며 동전으로 홀짝 게임을 하다 내가 잃은 건 다 돌려받고, 딴 건 몽땅 챙기는 욕심쟁이 동생에게 늘 져주던 막내 오빠에게도 나는 아직 미안하단 말을 못 했구나.

말에도 때가 있다. 아름다움에도 크기가 있는 것처럼 말도 효용의 크기가 있다. 제때 하지 못한 고맙다는 말, 사랑한다는 말,

미안하다는 말들…. 때를 놓친 말들은 쪼그라들고 빛바래 영원히 기회를 놓치는 일이 한두 번이 아니다. 돌아보니 흘려버린 언어들이 불현듯 자갈돌이 되어 가슴에서 달가닥거린다.

제때 한 따뜻한 말은 어느 순간 내게로 돌아와 괜찮다 괜찮다며 등을 토닥인다. 속을 알 수 없는 나의 술병에 남은 술이 얼마일지 모르지만, 마지막 한 방울이 다할 때까지 사랑하는 사람들과 행복하고 싶다. 그들의 술잔에 한 방울 내 향기 보탤 수 있다면 무얼 더 바랄까.

강민의 사랑법

이상문

강민 선배께서 느닷없이 나를 그 자리로 부르신 것은, 37년 전의 어느 봄날이었다. 내가 일하는 회사의 자리로 전화를 주신 것이다.

"오늘 점심시간에 좀 나와라! 인사동 〈이모집〉이야…."

이런 지시였다. 선배님은 내게 늘 이런 방식을 써왔다. 나는 아주 특별한 사정이 없는 한 말씀에 응해 왔다. 대학의 반 30년쯤의 선배이기 때문만이 아니었다. 60년대부터 지난한 세월을 건너오는 동안, 동문들뿐 아니라 문우 '동지'들까지 챙겨온 노고에 대한, 나의 작은 반응이었던 것 같다.

나는 시간에 맞춰서 나간다고 그 자리에 12시 전에 나갔다. 그런데 내가 가장 늦게 온 사람이었다. 이모집의 그 작은 방에는, 벌써 이근삼, 최재복, 강민, 신경림, 윤형두, 김병만, 박정희, 김문수, 천성우….등, 매우 큰사람들이 식사 상을 가운데 두고 앉아 있었다. 나는 괜히 죄송하다는 인사를 한 뒤에, 가만히 구석자리로 가서 앉았다.

'J대나 K대는 동문 문학회에서 [상]을 제정하여 운영하는데, 우리 D대문학회는 그동안 뭘 하고 있었는지…? 잘못이다. 우리도 상을 제정하여 올해부터 운영했으면 한다.' 듣자 하니 강민 선배가 이런 말씀을 하고 있었다.

하지만 누구도 반응을 보이지 않고 있었다. 나는 그저 두 눈만 껌벅거리면서 선배께서 나를 부른 이유를 헤아리려 했다.

"그런 것이 왜 필요한가? 그런 대학문인회들은 뭔가 필요해서 그렇게 하고 있겠지만, 우리한테는 뭐 그럴 것 같은데…."

답답했던지 신경림 선배가 시큰둥한 반응을 보였다.

"그래요. 그런 상이 왜 필요한가…?"

이번에는 김문수 선배도 반응했다. 역시 태도가 그랬다. 이때 강민 선배는 먼저 이근삼 선배님 얼굴을 살피는 것 같았다. 그리고 반응을 보인 두 선배를 돌아보았다.

"니놈들만 이름나고 잘 쓰고 산다면 다 되는 거야? 후배들이 있어야 선배들도 있는 것이란 말도 몰라? 후배들을 왜 생각할 줄 모르냐고…. 후배들이 니놈들만큼 될 수 있도록 용기를 줘야지이…."

강민 선배의 말소리는 부드러웠지만, 말속에 쇠심을 박은 것처럼 강했다. 나는 속으로, 자신의 몇 년 후배니까 김문수 선배한테는 저래도 되겠지만, 동기인 신경림 선배한테는 좀 심한 거 아닌가 했다. 하지만 나중에 알고 보니, 세 사람 사이를 잘 모르는 풋내기의 기우였다.

"그럼 문학상 제정은 결정됐고…, 제1회는 신경림이 받아라…!"

"뭐야? 그게 무슨 말이야…!"

강민 선배의 일방적인 말에 정작 당사자는, 무슨 엉뚱한 생각이냐는 반응이었다.

"무슨 말은…? 니가 먼저 받아야지 누가 봤냐? 설마 이근삼 선생님께 받으시라는 뜻은 아니겠지?"

나는 이게 무슨 말인가 했다. 이근삼 선배님을 '선생님'이라고 호칭하는 것이 어색했던 것이다. 나중에야 알았지만, 강민·신경림 선배는 이근삼 선배님의 제자가 분명했다. 대학을 갓 졸업한 이근삼 선배님이 모교에서 한동안 강의를 하셨던 것이다.

그리고 강민과 신경림, 두 선배들은 학생시절부터 도타운 우정을 이때껏 쌓아온 사이라서 그만큼 막역했고, 김문수 선배는 둘의 친동생 격으로 지내온 사이기도 했다.

그렇게 「동국문학상」제도가 결의됐고, 또한 제1회 수상 대상자를 벌써 신경림으로 결정한 자리였다.

"모두들 상금 마련 걱정을 하시는 것 같은데, 어떻게든 내가 고생해 봐야지요. 상의 위상이 있는데 상금을 많이 줘야 하겠죠. 사실 오늘 이 자리에 이상문을 부른 이유가 있어요…. 요즘 우리 주위에서 소설에 이상문, 동화에 정채봉이가 잘 나가지!"

이때 갑자기 내 이름이 나왔다.

"그래! 맞아…. 우리가 따로 축하도 못 해줬는데…."

이근삼 선배님이었다. 강민 선배가 말을 받았다.

"두 사람 이름이 알려지고 얼굴도 알려졌으니, 내가 총무로 쓸 겁니다. 그래서 상금을 수금하는 심부름을 시킬 예정입니다. 돈 내는 사람들도 유명한 후배들을 만나면 좋아들 할 것입니다."

나는 이거 야단났구나! 했다. 하지만 어쩝니까, 말씀대로 따르는 수밖에…. 그로 인해 정채봉도 애를 썼을 것이다.

여기서 강민·신경림 두 선배 사이의 일화 하나를 소개하자. 어느 해 여름이 끝나갈 무렵이었는데, 그날은 인사동의 「여자만」에서 모두들 만났다.

여름철 보양식으로는 민어탕이 최고라는 말끝에, 그런데 괜히 비싸고 비린내가 심하다는 불평이 누구의 입에선가 나왔을 때다.

"그래서 옛날부터 민어를 동네 추렴으로 먹었어. 그때는 생선 비린내도 모처럼 즐기면 호사가 되던 시절이었거던. 민어를 한자로 백성 민民자에 고기 어漁자를 쓰잖아….

"야! 강민…. 민어에 백성 민 자가 맞아?"

뜻밖에 신경림 선배가 묻고 나섰다.

"그래. 맞아….."

"정말 맞아? '백성 민'자가?"

"그래, 맞아! 그런데 어떻게 그것도 모른 너 같은 자가 '민중시인'이란 말이야? 민중시인이 그것도 몰라…?"

강민 선배가 민중시인이란 말을 들어서 하는 놀림이었다. 자리의 모두가 폭소를 터트렸다. 둘의 사랑법이었다. 그러니까 신경림 선배도 벌써 아는 것을 새삼 모른 척할 수 있었던 것 같았다.

신경림 선배는 지방에서 서울로 와있으면서, 영문과와 국문과로 서로 다르고, 나이도 두 살쯤 위인 강민 선배 집을 자주 들락거렸다고 했다.

"내가 강민이 뭐가 좋다고 집을 들락였겠냐? 어머니께서 끼니에 고봉밥을 차려주시는데 어떻게 해…. 싫어도 찾아가야지…허허허….."

사실 강민 선배는 국토방위군에서 생환했고, 공군사관학교에서도 그만 돌아와서, 결국 시작詩作을 찾아서 대학의 국문과로 온 사람이었다.

대인 강민 선배가 갈수록 더욱 그립다. 생각하면 속이 아리다.

궁중식 동치미 상큼한 그 맛!

이신백

해마다 김장철엔 궁중식 동치미를 담근다. 내 손으로 내 입맛에 꼭 맞는 동치미의 상큼한 그 '맛' 또한 쏠쏠하다. 요리책을 보고 동치미를 담근 지 올해로 5년이 된다.

음식의 3요소는 재료와 손맛 그리고 정성이라고 했다. 자고로 1년 365일 우리 밥상에 없어서는 안 되는 반찬은 김치건만 세월이 갈수록 노소를 막론하고 주부들이 '힘들다' '재료비가 많이 든다' '사 먹는 게 싸게 먹힌다'는 등 나름의 이유를 댄다. '담글 줄 모른다' '시간이 없다'는 등 '내 탓이오' 하는 말은 듣기 어렵다.

한국인의 밥상에 빠질 수 없는 식단 메뉴인 김치를 가정에서 담가 먹지 않는 이유가 뭣이든 각종 김치류를 마트에서 사 먹는 가정이 크게 늘고 있는 현실이 안타깝게 느껴진다. 또한, 쌀 등 곡류 위주의 주식인 밥조차 수입밀로 만든 빵과 피자 등 서양식으로 대체되어감으로써 소아 비만과 당뇨병 환자가 증가하는 추세는 우려스럽기까지 하다.

식사 때 손수 담근 동치미를 먹을 때면, 어린 시절 3대가 한 지붕 아래 살며 삶은 고구마에 동치미를 곁들여 먹던 순간들이 주마등처럼 지나가며 음식 솜씨 좋기로 소문난 어머니의 모습이 떠올라 때론 눈시울을 적시기도 한다.

어머니의 DNA를 물려받은 필자가 동치미 담그는 '비법'을 소개하면서 주부들에게 동치미를 담가 먹어 보라고 권하고 싶다. 재료는 천수무, 홍갓, 쪽(실)파, 대파(흰 부분), 청각, 삭힌 고추, 홍고추, 배, 마늘, 생강, 천일염에다 끓여서 식힌 국물용 식수 등이다. 시원한 국물 맛에 향기로움과 색을 더하고 싶다면 유자나 석류를 함께 넣으면 된다. 동치미 국물이 될 물을 끓여 살균하는 이유는 봄이 되면 동치미 국물이 변질될 수 있어 이를 예방하기 위함이다. 동치미 맛의 포인트는 가슴속까지 시원하게 스며드는 국물과 아삭아삭, 상큼한 무우 맛 아닌가!

동치미를 담가 먹는 장점을 살펴보자. 재료비에 비해 가성비가 엄청 높다. 주재료인 무우값보다 부재료인 삭힌 고추와 홍고추, 배 값이 더 드는, 말 그대로 배보다 배꼽 비용이 더 들기는 한다. 품도 배추김치 담그는 것 보다 덜 드는 편이다. 천수무, 홍갓 쪽(실)파를 다듬고 절이는 시간을 제외하면 담그는데 많은 시간이 필요치 않다. 김장배추 김치처럼 이듬해 봄까지 오랜 기간 맛있게 먹을 수 있는 장점도 있다.

백독문 불여일행百讀聞 不如一行. 백 번 요리책을 읽는 것보다 실습이 우선이다. 주부들이여! 두려워 말고 올겨울에는 요리책을 펴 놓고 차근차근 궁중식 동치미를 담가 보시는 것은 어떨까. 실패하면… 하는 두려움을 떨쳐내고 '할 수 있다'는 자신감으로 도전해 보시라.

국민들의 식습관이 날로 서구화돼가고 있어 우려스럽지만, K-음악, K-영화, K-드라마에 이어 K-푸드 또한 세계인의 관심을 끌고 있는 시대다. 21세기는 창의력과 상상력이 요구되는 시대이지만 동치미 담그는 건 창의력이나 상상력도 필요치 않다.

김장철에 요구되는 것은 주부들의 도전 정신과 열정, 시간 투자면 충분하다. 이 순간 양사언(楊士彦·1517-1584)의 시조 한 구절(태산이… 사람이 제 아니 오르고 뫼만 높다 하더라)이 떠오른다.

반만년을 지켜온 전통 한 식단을 첨가물 범벅인 가공식품과 빵 위주의 서구식 식단으로 대체할 순 없지 않는가! 신토불이身土不二 전통 한 식단이 국민 건강을 지키는 파수꾼이다.

유월의 하루

이흥수

편찮으신 막내 이모 댁에 문병을 가기로 한 날이다. 우리 형제가 각자 흩어져 사는 이종 사촌들과 만만치 않은 소통의 과정을 거쳐 겨우 6월 6일 오전 11시까지 3호선 대화 전철역에서 모두 만나기로 약속을 했다. 전날은 이모 댁에 가져갈 몇 가지 반찬을 장만하고 오래간만에 사촌들과 막내 이모를 만난다는 이런저런 생각들로 잠을 설쳤다. 아침에는 비몽사몽간에 일어나 서둘러 외출 준비를 하고 짐을 챙겨 집을 나섰다. 때 이른 더위가 기승을 부리는 유월의 하루를 보고 싶은 얼굴들과 함께할 수 있다는 설렘에 발걸음이 빨라졌다.

전철을 타고 좌석에 앉자 사람들이 너도나도 스마트폰을 보고 있었다. 그제야 언뜻 아침에 일어나 충전기에 스마트폰을 꽂아 놓고 바쁜 마음에 그냥 나왔다는 생각이 들었다. 잠깐 앞이 막막했다. 전철로는 처음 가는 길이고 갈아타야 하는 먼 길에 혹시 가다가 서로 연락이라도 할 일이 생기면 어떻게 할지 난감했다. 신분당선 성복역에서 12 정거장을 거쳐 신사역에서 3호선을 무사히 갈아탔다. 이제는 종착역에 내리면 된다는 생각에 긴장했던 마음이 한결 편해졌다. 낯익은 역들을 지나 교외로 접어들자 창 너머 유월의 푸른 신록의 아름다운 풍광이 펼쳐졌다. 문득 자연 속에서 막내 이모와 철없이 뛰어놀던 까마득한 어린 시절이 떠올랐다. 외가에서 태어나 취학 전까지 자라면서 4살

위인 막내 이모를 따라 살아가는 지혜를 하나씩 터득하며 행복한 유년기를 보냈다. 이모는 오 남매 중에 막내로 태어나 사랑을 받다가 조카가 태어났다. 어린 나이에 이모 노릇을 하느라 조카를 보살피고 양보도 했던 일들을 철이 들고야 깨닫고 늘 감사한 마음이었다. 3호선을 갈아타고 27개 역을 지나 어렵사리 사촌들을 만나 막내 이모 집에 도착했다. 오랜 투병을 하느라 많이 수척해진 낯선 이모를 보는 순간 너무 늦게 찾아온 마음이 죄송스러워 몸 둘 바를 몰랐다. 코로나로 왕래를 못하고 일 년 전에도 문병을 가기로 약속한 날 출발을 준비하는 도중에 이모가 응급실에 갔다는 연락을 받고 안타깝게도 만날 수가 없었다. 항상 부지런하고 깔끔한 이모는 일 년가량 요양병원에 있다가 집으로 왔는데도 집을 평소처럼 정갈하게 갈무리하고 있었다. 이모는 모처럼 모인 조카들을 보고 잠시 불편함을 잊은 듯 환한 모습으로 밀린 대화를 나누느라 시간 가는 줄을 몰랐다. 사촌들은 이모와 대화를 나누고 우리 형제는 마트에서 산 전복을 손질했다. 더운 여름 우리가 가고 난 뒤 며칠이라도 이모가 편하게 드시고 원기를 회복하도록 정성을 다해 전복국을 끓였다. 몇 년 사이에 우리의 든든한 울타리가 되어주던 웃어른들이 한 분 한 분 우리 곁을 떠나는 슬픔을 겪었다. 막내 이모가 어려움을 잘 극복하고 오래도록 우리 곁에 머물러 있기를 간절히 바라는 마음이다.

집으로 돌아온 후 이모가 전화를 했다. 우리를 만나서 더없이 반가웠는데 하나 같이 저마다 힘겨운 삶의 무게를 견디며 살아가는 모습이 안쓰러웠다고 했다. 우리가 자라온 과정을 누구보다 잘 알고 있는 이모는 모두 할머니가 된 조카들이 아직도 세상 근심에 조금도 물들지 않기를 바라는 마음이다. 사람은 태어나면서부터 누구도 대신해 줄 수 없는 자기만이 감당해야 할 삶의 몫이 있다. 불확실한 세상에 일어나는 모든 일도 우리와 무관한 것은 하나도 없다. 언제 우리에게도 예기치 않은 일들이 일어날지 아무도 모른다. 어떤 경우에도 실낱같은 희망을 품고 살얼음을 디디듯 조심스럽게 주어진 삶의 무게를 견디며 살아가는 과정이 삶이다. 현재 본인의 몸이 제일 힘들면서도 조카들을 염려하는 애틋한 이모의 내리사랑에 가슴이 뭉클했다. 막내이모의 어려운 치료가 깊은 신앙의 힘으로 잘 이겨낼 수 있도록 마음을 다해 기도하며 따뜻한 혈육의 정을 다시 한번 더 느끼는 유월의 하루였다.

키스는 詩다

임순월

남자는 언제나 내 뒤에 혹은 내 옆에 있었다. 그러나 우리의 관계는 무無였다. 남자와 나는 스페인의 산티아고 길을 걷는 순례자일 뿐 일면식도 없었으니 당연했다. 산티아고 순례길은 성 야고보의 유해가 발견(9세기)된 이래 성지순례가 유행했고, 교황 성 요한 바오로 2세(1982년)와 작가 파울로 코엘료(1986년)가 걸었던 길이다. 연금술사로 유명한 코엘료는 그 길을 배경으로 소설『순례자』(1987년))를 발표했다. 2006년 이후엔 여행 작가 김남희와 서명숙에 의해 우리나라에서도 붐을 일으켰다. 서명숙은 제주도 올레길을 만든 장본인이기도 하다. 오래전 코엘료의 소설을 읽을 때만 해도 내가 직접 그 길을 걸을 것이라곤 상상도 못했었다. 코엘료가 걷던 당시에는 길을 잃는 것은 다반사고 들개 떼의 습격을 받는 등, 험난한 여정이었다.

아무리 세월이 흘렀다지만 2009년엔 신종플루 유행으로 온 지구촌이 떨고 있던 때였다. 게다가 스페인어는커녕 영어도 할 줄 모르는 나의 도전은 무모했다. 그 당시 어딘가로 떠나지 않으면 삶의 지속이 불가능했던 나는 하루 2만 원의 여행경비를 들고 오직 배짱 하나로 파리 행 비행기기에 올랐다.

그러나 좌석에 앉자마자 두려움과 불안이 밀려오기 시작했다. 과연 목적지까지 찾아갈 수 있을까? 가슴을 졸이던 그때 내 좌석으로 찾아온 낯선 아가씨가 있었다. 여행 작가 한비야 씨를 닮았어요. 혼자서 산티아고를 간다구요? 넘 멋져요. 그녀의 놀람과 찬사에 은근히 우쭐해진 나는 용감한 척을 해야 했다.

일정은 프랑스의 생장피에드포르에서 출발, 프랑스와 스페인의 국경인 피레네 산맥을 넘어 산티아고데콤포스텔라 대성당(800여 킬로미터)까지 걷고, 다시 세계의 끝이라는 피스테라를 다녀오는 여정이었다. 나는 짐꾼이 아닌데도 14kg의 배낭을 메고 피레네 산맥을 설악산 공룡능선보다 수월하게 넘었다. 입이 타던 그때의 갈증만큼은 결코 잊을 수 없지만 말이다.

파란 하늘과 초록 숲 사이로 회색 지붕을 드러내는 론세스바예스 알베르게[1]는 반갑고도 아름다웠다. 세계인들이 북적이는 그곳에서 나는 두 권의 화보집을 발견했다. 누군가 무게 때문에 남겨둔 우치피 미술관과 프라도 미술관의 한글 책자였다. 비박 산행을 할 땐 눈썹도 자르고 손톱도 깎아야 한다는 말이 있다. 그만큼 무게를 줄여야 한다는 뜻이다. 그런데 그리 두꺼운 화보집을 가져올 생각을 했다니? 아마도 그 책의 주인은 순례가 끝나면 유럽의 미술관 관람을 계획한 그림쟁이였을 것이다. 나는 미대에 다니는 아들에게 주고 싶은 욕심에 일말의 망설임도 없이 배낭에 집어넣었다. 그날부로 화보집의 무게가 주는 고통은 역설적이게도 마음을 내려놓는 화두가 되어 많은 것을 생각하게 했다.

구간에 따라 우편으로 부치는 방법이 있었지만 나는 한 몸 되기를 고집했다. 덕분에 틈만 나면 그 그림들을 보며 직접 내 눈으로 프란시스코 고야의 '1808년 5월 3일'(프라도미술관소장)[2]과 카라바조의 '메두사의 머리'(우피치미술관 소장)를 감상할 날을 꿈꿨다.

혼자 걷는 순례길의 산야는 온통 출렁이는 녹색 물결이었고 군

---

1) 순례객들이 이용하는 공립 숙박업소로서 도착순으로 운영한다.
2) 1808년 5월 2일 프랑스의 스페인점령에 대항해 스페인 반란군이 봉기를 일으키자 그 보복조치로 양민을 학살한 사건이다. 총을 겨누는 총부리를 향해 양손을 높이 들고 있는 하얀 옷을 입은 사내의 표정이 그 공포의 순간을 말해준다.

락을 이룬 양귀비꽃은 문득 문득 빨간 바람이 되어 얼굴을 스치고 지나갔다. 그러던 어느 날 하늘과 밀밭이 지평선을 그린 그 끝을 향해 나아가고 있었다. 그때 자꾸만 내 그림자를 덧칠하는 또 하나의 그림자가 있었다. 그 그림자에게 길을 양보해 줘도 추월하거나 비켜서지 않았다. 시간이 흐를수록 더 길어진 두 개의 그림자는 밀밭에 눕기도 하고 허리를 굽혀 겹치기도 했다. 말을 걸어보고 싶지만 영어를 할 줄 모르는 나는 묵언수행을 하는 마음으로 매일 30킬로미터 이상을 걷는 고통의 쾌감을 즐겼다.

그러다 발바닥이 땅에서 떨어지지 않을 때쯤에야 알베르게 입구에 배낭을 내려놓고 한국 순례객들과 담소를 나누었다. 내 곁을 지키던 남자는 저만치 떨어진 곳에서 뭔가를 긁적이기 시작했다. 그 모습은 한가로이 풀을 뜯는 말들과 하얀 구름을 배경으로 자연의 일부처럼 아름다웠다. 시간이 흐를수록 모든 사물이 금빛으로 반사되고 선선한 바람이 저녁을 재촉했다.

잠시 남자의 존재를 잊고 있었는데 그가 내 곁으로 다가왔다. 하얀 종이를 내미는 그의 수줍은 미소에서 복숭아 향이 나는 것 같았다. 그런데 그 종이엔 내 얼굴이 그려져 있었다. 튀어나온 광대뼈, 살짝 웃는 이빨, 귓불 뒤로 흩날리는 머리카락, 어떻게 그럴 수가? 남자의 눈에 비친 쉰한 살의 아낙은 청순한 아가씨로 변해 있었다. 이를 지켜본 순례객들의 탄성과 놀림에 남자가 멋쩍게 웃었다. 나는 아무런 반응도 보이지 않았다. 표현이 불가능했으므로.

한국 여행자의 설명에 의하면 남자는 스물일곱 총각, 오스트리아에서 왔고 순례일정은 10일이며 휴가 때를 이용해 일부 구간씩을 걷는다고 했다. 그날 이후 우리의 그림자는 항상 같은 방향을 향했다. 말이 없어도 그림자놀이처럼 서로를 읽었고 가끔은 두 그림자가 떨고 있다고 생각도 들었다. 대성당이 있는 레온에 도착한

날, 나는 하루를 쉬어가기로 했다. 그곳에서 만난 한국 신부님과 퇴역 장군과 와인파티를 할 때도 남자는 내 곁을 지켰다.

다음날 성당을 둘러보고 있을 때였다. 느닷없이 자기의 나라(오스트리아)로 돌아가야 한다는 남자는 안절부절못하고 내 주위를 맴돌았다. 남자의 손과 얼굴, 목, 온몸이 불에 타는 듯 빨개졌다. 그의 손을 잡아주고 싶었지만, 손이 닿는 순간 남자가 폭파해버릴 같은 기묘한 느낌에 나는 손바닥만 비벼댈 뿐이었다. 도대체 왜 그런 용광로가 끓게 되었는지 알 수 없는 일이었다. 남자는 성난 기사도처럼 순간적으로 배낭을 들쳐 메고 일어섰다. 그리곤 뛰기 시작했다. 그렇게 달리던 그가 갑자기 획 돌아서더니 내게로 달려왔다. 찰나였다. 흔적을 붙잡기엔 너무 빨리 스쳐 간 바람 같은 것이었다.

입술이 닿았는지 어떤 열기에 닿았는지 모를 강렬한 자극, 정신을 차리기도 전에 남자는 벌써 저만치 멀어지고 있었다. 얼떨결에 나는 반대 방향으로 뛰었다. 소도에 안착하려는 듯 성당 안에 몸을 던졌다. 잠깐 정신을 잃은 것도 같은데 분명한 것은 그의 입술이었다. 한 것도 같고 하지 않은 것도 같은 미완의 입맞춤, 그 느낌은 아직도 진행 중이다. 끝나지 않았기에 상상 속 그 감미로움은 여전히 유효하다. 키스 세계신기록은 32시간 30분 45초다. 그것도 미국의 동성 커플의 기록이다. 3분 24초의 수중 키스 기록도 있다.

키스의 명장면을 보면 흡혈귀와 같은 폭력적으로 흡입하는 장면도 있고 꽃잎처럼 부드럽고 감미로운 애무도 있다. 그중에서도 클림트의 「키스」는 금방이라도 두 사람이 한 몸으로 녹아내릴 것만 같다. 그러나 우리의 그 키스가 단연코 지상 최고의 키스, 최장의 키스라고 생각한다. 365*24*16년이면 140,160시간이니까 틀린 주장이 아니다. 어찌 되었든 그날 이후 내 몸엔 날개가 돋았고 새로운 세계가 열렸다. 여행경비를 송금하라는 급전을 치고, 프라도 미술관에도 가고 피카소의 〈게르니카〉도 보고, 대영박물관과 루브르 박물관에도 갔다. 죽을 것 같던 생의 위기를 넘기고 70을 바라보는 지금까지 잘살고 있다. 아직도 끝나지 않은 그 날의 키스는 나를 구원한 내 삶의 연금술이자 내 삶의 시詩다.

명강의

허정자

언젠가, 글쓰기를 꿈꾸는 분들로부터 어떻게 하면 글을 잘 쓸 수 있는지를 질문받은 적이 있다. 순간 몹시 당혹스러웠다. 나 자신도 글을 잘 못 쓰는 처지에 누구에게 설명한단 말인가. 무조건 모른다고 발뺌을 할 분위기는 더욱 아니었다. 할 수 없이 보편적으로 누구나 알고 있을지 모르는 유일한 방법인 글쓰기의 기본을 얘기하고 싶었다. 나는 나 자신에게 다짐하듯 말을 이어갔다.

"우선 글쓰기의 기본은 첫째, 독서를 많이 해야 합니다. 많은 책을 읽어야 합니다. 독서 없는 문학은 존재하지 않는다. 독서를 하지 않고 글을 쓴다는 것은 밑천 없이 장사하는 것과 같은 도둑심보라고 합니다.

두 번째, 생각을 많이 해야 합니다. 무엇을 어떻게 보고 어떻게 느끼는가는 생각의 깊이를 말합니다. 사물을 예리하게 꿰뚫어 볼 수 있는 관찰의 눈이 필요합니다. 인생에 대한 풍부한 체험(독서를 통한 간접체험)을 바탕으로 사물에 대한 예리한 관찰로부터 출발하여 투시하는 눈, 관심을 가지고 사물을 바라보는 마음의 눈도 함께 가져야 합니다.

세 번째, 많이 쓰는 것입니다. 우선 일기부터 매일 쓰는 습관을 길러야 합니다. 그리고 또 하나 습작 노트에다 다른 작가의 글을 옮겨 써 보는 것도 권해 봅니다. 다른 사람의 작품을 옮겨 쓴다는 것은 그대로 모방하라는 것이 절대 아닙니다.

내가 이렇듯 옮겨 쓰기를 강조하는 것은 나름 이유가 있다. 나의 대학시절 미당 서정주교수님의 문학개론 시간이었다. 교수님은 특유의 느린 억양으로 마르셀프루스트의 '잃어버린 시간을 찾아서'라는 소설을 받아쓰게 하셨다. 20세기 전반기 최대의 문제작이며 그 구성상 소설작법의 일대 혁명을 가져온 작품이라는 말씀도 잊지 않았다.

나라는 병약한 문학청년의 독백으로 시작된 시간과 기억의 구성이 뛰어나다는 소설이었다.

'나는 오랫동안 일찍 잠자리에 들어왔던 습관 때문에 자주 잠이 깨곤 한다. 그럴 때면 무의식적 기억의 소생에 의해 과거의 추억이 떠오른다.'

느릿느릿 그러나 힘을 주어 읽어 주시는 문장을 천천히 노트에 옮겨 적었다. 서정주 교수님은 우리나라 최고의 유명한 시인인데 왜 시를 받아쓰게 하지 않고 소설을 받아 쓰게 할까. 나는 속으로 의아한 생각을 버릴 수 없었다. 그러나 그 받아 적었던 문장의 첫 부분은 세월이 가고 또 가도 잊히지 않았다.

잃어버린 시간을 찾아서는 작가의 생명을 깎아서 완성된 소설이었다. 환상적 문체라는 장편을 통해 작가를 꿈꾸는 우리에게 글쓰기의 기초를 다져주려 하셨던 것이다. 기초가 튼튼해야 하고 기본의 중요성은 변하지 않는 진리라던가. 언제 어디서나 일어날 수 있는 튼튼한 기본기를 심어 주신 것이다. 명강의다.

훌륭한 교수님들의 가르침으로 뛰어난 동문들이 많음은 이 또한 명강의 덕분이 아니었을까. 자랑스럽기만 하다.

동국시집 51호

꽁트

반려견이 남편보다 좋다?!

이은집

"여보! 세상에 태어날 때는 순서가 있어두 떠날 때는 순서가 없다구 허쥬? 근디 당신네는 형제들이 차례루 가시니께 다음 차례는 당신이 되겠네유?"

올해는 계절이 늦게 가는지 소설이 지난 지가 벌써 열흘이 넘는데두 첫눈 소식이 없는 요즘 마누라가 나에게 건네오는 말이었다.

"에유! 그러잖아두 후회 막급이네! 우리 셋째 형님이 위중허시다구 해두 차일피일 문병 한번 가 뵙지 못허구 망설이다가 끝내 문상을 갔응게 말여! 휴우!"

우리는 10남매로서 아들 여섯에 딸이 넷인데, 이제 그중에 내 위로 세 분 계시던 형님들이 모두 돌아가시게 된 것이다.

"아유! 누가 아니래유! 살어 계실 때 고깃근이래두 사다 드리구 들여다 봤어야 허는디! 큰형님! 둘째형님에 이어 셋째형님까지 문병 한번 제대루 못헌 우리는 남들이 암만 우애 좋은 집안이라구 해두 부끄럽기만 허당께유!"

오늘따라 날씨도 춥고 하늘도 흐린 날에 우리 부부는 거실에 앉아 이렇게 우울한 대화를 나눴는데, 마누라가 다시 이런 엉뚱한 소리를 해왔던 것이다.

"아유! 여보! 그나저나 우리두 당신이나 나중에 누가 먼저 갈지 모르는디 그땐 워떻게 살쥬?"

"에잉? 요즘 평균 수명이 얼만지는 몰라두 당신 어머니! 그렇께 장모님은 아흔아홉에 돌아가셨으니 아무래두 당신이 오래 살겠지 뭘!"

나의 대꾸에 마누라가 다시 이런 엉뚱한 소리를 해왔던 것이다.

"여보! 애들은 다 나가서 따루 살구, 우리 부부 중에 당신이 먼저 가면 난 새 서방을 데려와야 헐 것 같어유!"

"에잉? 그게 뭔 소리여? 80넘은 노인네가 무슨 재혼을 한다는게여?"

나의 이런 질문에 마누라가 더욱 엉뚱한 대꾸를 해왔으니 참으로 기가 막혔다.

"여보! 그건 바루 개서방인디, 바루 반려견을 키우면 지랄 같은 영감태기보담두 훨씬 낫다구, 저어기 창동에 사는 뚱땡할매가 그러지 뭐유? 호홋!"

창동에 사는 뚱뚱할매란 우리가 젊었을 때 바로 이웃집에 살았는데, 아직까지도 마누라와는 매주 산행을 다니면서 절친으로 지내고 있고, 나도 그 시절에 그 집 영감과는 자주 만나서 형님아우로 칭하며 술잔을 나누기도 했던 것이다.

"아참! 그집 영감이 돌아가신 지 벌써 20년은 됐는디 워찌 사는겨?"

"아유! 우리처럼 자식은 결혼시켜 분가했구 혼자 사는디, 글쎄 개서방이랑 지낸다며 오히려 지금이 맘두 몸두 편케 잘 산다지 뭐유?"

"에잉? 여자는 혼자 사는데 좋은가 부지?"

이에 어이없어 내가 묻자 다시 마누라는 이런 뜻밖의 대답을 해왔던 것이다.

"아유! 살어서 영감은 맨날 술타령에 폭력까지 뚱땡이 마누랄 괴롭혔는디, 그런 남편이 죽자 외로워서 개를 키우게 됐더래유!"

"으음! 그래서 전국에 반려견 인구가 1천만 시대라구 허지! 아마?"

"야아! 근디 내가 뚱뗑할매네 갔다가 아주 기절초풍했당께유! 개 때문에유!"

"어엉? 그건 또 무슨 소리여?"

"아유! 글쎄 오랜만에 그 집에 갔는디, 개가 입에다가 〈어서 오세요! 환영합니다!〉라구 쓴 종이카드를 물구 반기는게 아니겠슈?"

"에잉? 그게 정말이여?|"

"야아! 그 개가 어찌나 영리한지, 마치 SBS의 〈동물농장〉에 나오는 특별한 개처럼 집안에서 별 심부름을 다 허구, 어찌나 주인에게 재롱을 떨던지, 남편보다 낫다는 게 뚱뗑할매의 자랑이더랑께유! 호호!"

마누라의 이런 얘기를 들으면서 나에게는 문득 어려서 내 고향 청양에 살 때, 건너뜸 기와집 우길이네에서 키우던 각종 개들의 추억이 떠올랐다.

"휘익! 야! 세퍼트야! 이 야구공 물어와 봐!"

내가 우길이네 놀러 갔을 때 야구공을 하늘 높이 던지며 우길이가 외치자, 세퍼드가 바람처럼 날쎄게 뛰어올라 정확히 야구공을 입에 받아 물고 달려왔던 것이다. 그런가 하면 치와와란 개는 너무나 앙증맞게 생겼는데 우길의 품에 안겨 우길이의 얼굴을 혀로 싹싹 핥아댔고 그러면 우길이는 좋아서 어쩔 줄 몰라 했던 것이다.

"야! 우길아! 더럽지 않아?"

그때 내가 놀라 묻자 우길이는 깔깔 웃으며 이렇게 말했던 것이다.

"뭐어? 너두 한번 우리 피피가 핥어주게 해줄까? 밤에 이불속에서 함께 자면 피피가 똥구멍까지 핥는디 미친당께! 헤헤!"

암튼 여러 종류의 개를 길렀던 우길이네는 똥개만 키우던 우리

집과는 딴 세상의 개들이었던 것이다. 내가 이런 추억에 잠겼는데 다시 마누라가 엉뚱한 소리를 건네왔다.

"여보! 근디 요즘 정치판의 국회의원들이 워찌 그리 입이 험허쥬? 여자를 가리켜 암컷이라 허질 않나! 암튼 이건 세상 말세라니께유! 아무리 개판 같은 정치판이라두 정말 너무 심헌 것 아뉴? 에잉! 나쁜 수컷 같으니라구!"

동국시집 51호

———

약력

제51호 동국시집 수록 문인 약력

— 시 —

강경애 1992년 《시와비평》 등단. 시집 『내가 나를 부를 때마다』 『말하는 얼굴』. 산문집 『삭제하시겠습니까』 『긴 악수를 나누다』 등. 에세이포레 문학상. 한국 시원 시문학상 수상.

강상윤 2003년 《문학과창작》 등단. 시집 『속껍질이 따뜻하다』 『만주를 먹다』 『요하의 여신』 『너무나 선한 눈빛』.

강서일 1991년 《자유문학》 시, 《문학과의식》 평론 등단, 시집 『고양이 액체설』 등. 한국시문학상 등 수상.

강영은 2000년 《미네르바》 등단. 시집 『상냥한 시론詩論』 『너머의 새』 등. 시선 집 『눈잣나무에 부치는 詩』. 에세이집 『산수국 통신』 등. 한국시문학상, 한국문 협작가상, 서귀포문학상, 문학청춘작품상 등 수상.

고명수 1992년 《현대시》 등단. 시집 『마스터키』 『금시조를 찾아서』 『브리스틀 콘 소나무』. 저서 『만해 한용운 평전』 『시인과 철학자의 유쾌한 만남』 외 다수. 한국시문학상, 동국문학상 수상. 현재 한국문학치료연구소 소장.

고영섭 1989년 《시혁명》, 1995년 《시천지》로 작품활동 시작. 1998~1999년 《문학과창작》 추천 완료. 2016년 《시와세계》 평론 등단. 시집 『몸이라는 화두』 『황금똥에 대한 삼매』 『사랑의 지도』 등. 평론집 『한 젊은 문학자의 초상』. 제 21회 현대불교문학상, 제16회 한국시문학상, 제16회 이상시문학상 수상. 동 국대 불교학과 교수.

공광규 1986년 월간 《동서문학》 등단. 시집 『담장을 허물다』 『서사시 금강산』 『서사시 동해』 등. 윤동주상, 신석정문학상, 녹색문학상 등 수상.

김금용 1997년 《현대시학》 등단. 시집 『물의 시간이 온다』 『각을 끌어안다』

『핏줄은 따스하다, 아프다』 등. 번역시집 『문혁이 낳은 중국 현대시』 등. 김삿
갓 문학상, 동국문학상, 펜번역문학상 등 수상. 현재 시결 주간.

김미연 2010년 《시문학》 시, 2015년 《월간문학》 평론, 2018년 《월간문학》 시
조 등단. 시집 『절반의 목요일』 『지금도 그 이름은 저녁』. 평론집 『문효치 시의
이미지와 서정의 변주』. 시예술아카데미상 수상. 2020년 아르코문학 창작기
금 수혜. 현재 진주교대 강사.

김밝은 2013년 《미네르바》로 등단. 시집 『술의 미학』 『자작나무숲에는 우리가
모르는 문이 있다』 『새까만 울음을 문지르면 밝은이가 될까』. 시예술아카데미
상, 심호문학상, 전국계간문예지작품상 수상. 현재 미네르바 부주간, 한국시인
편집위원.

김보화 1987년 《한맥문학》 등단. 시집 『입술 위를 걸어서 갈거야』 등. 일붕문
학 대상(시), 서초문학상(수필), 김우종문학상(수필), 신사임당상(시) 등 수상.
서초문인협회 부회장 역임, 현재 국제펜 한국본부 이사, 문학서초 이사, 동작
문인협회 수석부회장.

김상미 2002년 《현대수필》 수필, 2008년 《시와세계》 시 등단. 시집 『반사거
울』. 수필집 『바다가 앉은 의자』 등. 구름카페문학상 수상. 현재 계간현대수필
편집장, 여성문학인회 이사.

김선아 2011년 《문학청춘》 등단. 시집 『얼룩이라는 무늬』 『하얗게 말려 쓰는
슬픔』. 제3회 김명배문학상 대상. 2023년 한국문화예술위원화 문학나눔 우수
도서 선정.

김서희 2011년 《불교문예》 등단. 시집 『뜬금없이』 『허허로운 날에는 라면을 끓
인다』. 불교문예작가상 수상.

김선아 2011년 《문학청춘》 등단. 시집 『얼룩이라는 무늬』 『하얗게 말려 쓰는
슬픔』. 제3회 김명배문학상 대상. 2023년 한국문화예술위원회 문학나눔 우수
도서 선정.

김애숙 2021년 《문학예술》 시, 2023년 《문학예술》 수필 등단.

김운향 1987년 《表現》 시, 2018년 《월간문학》 평론 당선. 시집 『구름의 라노비아』. 소설집 『바보별이 뜨다』 등. 종로문학상, 한국농민문학상 대상 수상.

김윤숭 2011년 《우리시》 등단. 저서 『지리산문학관문창궁』.

김윤하 2000년 《문학과의식》 등단. 시집 『나의 붉은 몽골여우』 『북두칠성 플래시몹』 『물 속의 사막』. 한국시문학상 수상.

김인수 2021년 《월간문학》 신인작품상 당선. 동국대학교 명예석좌교수 역임. 현재 AMG KOREA 대표이사, 유한양행 OB모임 유우회 회장.

김정웅 1974년 《현대문학》 등단. 저서 『배우일지』 『천로역정 혹은』 『마른 작설잎 기지개 켜듯이』 등. 제9회 동국문학상, 제8회 김수영문학상 수상.

김진명 2017년 《한국문학예술》 시, 2021년 《월간문학》 소설 등단. 시집 『빙벽』 『너에게 쓰러지고 싶다』 『유목의 시간』 『생땅의 향기』 등. 타고르문학상 작품상 (시), 윤동주탄생백주년기념문학상 우수상, 아산문학상 금상(소설) 등 수상.

김창범 1972년 《창작과비평》 등단. 시집 『봄의 소리』 『소금창고에서』 『노르웨이 연어』 『해질녘 강가에 앉아』 『버들치를 찾아서』 등. 동국문학상 수상.

김창희 1999년 《시대문학》 등단. 시집 『짧게 혹은 길게』 등. 완독연구서 『어린이를 기다리는 동무에게』 등. 한국시문학상, 숲속시인상, 한국시학 본상 등 수상.

김현지 1988년 《월간문학》 등단. 시집 『꿈꾸는 흙』 『그늘 한평』 외 4권. 동국문학상, 시인들이 뽑는 시인상 수상.

남현지 2021년 창비신인시인상으로 작품 활동을 시작.

동시영 2003년 《다층》 등단. 시집 『마법의 문자』 등 9권, 산문집 『문학에서 여행을 만나다』 등. 저서 『현대시의 기호학』 『한국문학과 기호학』 등. 시와시학상, 동국문학상, 박종화문학상 등 수상.

리 산 2006년 《시안》 등단. 시집 『쓸모없는 노력의 박물관』 『메르시, 이대로 계속 머물러 주세요』.

문봉선 1998년 《자유문학》 등단. 시집 『독약을 먹고 살 수 있다면』 외 4권. 제1

회 한국현대시인협회 신인작품상 수상.

문정희 1969년 《월간문학》 등단. 시집 『남자를 위하여』 『양귀비꽃 머리에 꽂고』 『나는 문이다』 『카르마의 바다』 『응』 『오늘은 좀 추운 사랑도 좋아』 등. 시선집 『지금 장미를 따라』 등. 김동명문학상, 목월문학상, 공초문학상 등 수상. 현재 국립한국문학관 관장.

문효치 1966년 서울신문 및 한국일보 신춘문예 당선. 시집 『무령왕의 나무새』 『모데미풀』 『바위』 등. 시조집 『나도바람꽃』. 산문집 『시가 있는 길』 등. 김삿갓문학상, 신석정문학상, 정지용문학상, 한국시협상 등 수상. 한국문인협회 이사장. 국제PEN한국본부 이사장 등 역임. 현재 계간 미네르바 대표.

박미출 1984년 부산일보에 시를 발표하며 작품활동 시작. 시집 『낙동강에는 고래가 살지 않는다』 『자갈길을 맨발로 걸으며』 『은혜와 원수는 반드시 갚자』 등.

박법문 2004년 《시사문단》 시, 2005년 《시사문단》 평론 등단. 시집 『북두에 몸을 감추고』. 평론집 『서정과 사유─대자유의 길을 위하여』.

박종일 1990년 《문학공간》에 시를 발표하며 작품활동 시작. 1993년 《포스트모던》에 평론 「춤이 전통에서 찾아야 하는 것들」 발표. 시집 『보이지 않는 사랑처럼』 등. 산문집 『부여여행』(1,2,3).

박진호 2011년 《문파》 등단. 시집 『함께하는』.

박판식 2001년 《동서문학》 등단. 시집 『밤의 피치카토』 『나는 나와 어울리지 않는다』 『나는 내 인생에 시원한 구멍을 내고 싶다』. 김춘수시문학상, 동국문학상 수상.

서정란 1992년 동인지 발표와 함께 작품활동 시작. 시집 『클림트와 연애를』 『꽃구름 카페』 등. 동국문학상, 한국문학백년상 수상.

심봉구 1975년 《동국문학》에 시를 발표하며 작품활동 시작. 《문학시대》 시, 《창작수필》 수필 등단. 『사학연금』에 꽁트 연재. 창작수필작품상, 한반도문학최우수상 수상.

염은초 2016년 한국 시인협회 kbs 공동 주최 교보생명후원 공모전 시 부문 당선으로 작품활동시작. 남양주시 진접기록책자 발간 편집위원.

우정연 2013년 《불교문예》 등단. 시집 『송광사 가는 길』 『자작나무 애인』.

유계영 2010년 《현대문학》 등단. 시집 『온갖 것들의 낮』 『이제는 순수를 말할
수 있을 것 같다』 『이런 얘기는 좀 어지러운가』 『지금부터는 나의 입장』. 산문
집 『꼭대기의 수줍음』. 영남일보 구상문학상, 현대시작품상 수상.

유병란 2014년 《불교문예》 등단. 시집 『엄마를 태우다』 『그러려니가 있다』.

윤고방 《현대문학》, 《한국문학》 시부문 추천 등단(1978~1982). 시집 『바람 앞
에 서라』 『낙타와 모래꽃』 『쓰나미의 빛』 등. 경기문학상, 한국문학인상, 동국
문학상 등 수상. 현재 미협 현대문인화 이사.

윤유나 2020년 시집 『하얀 나비 철수』로 작품활동 시작. 산문집 『잠과 시』.

윤재웅 1979년 제1회 만해백일장 대상 수상. 1991년 세계일보 문학평론 등단.

윤 효 1984년 《현대문학》 등단. 시집 『물결』 『얼음새꽃』 『햇살방석』 『참말』
『배꼽』 『시월詩月』. 풀꽃문학상, 유심작품상 등 수상.

은이정 2023년 《시와경계》 등단.

이경철 1990년 《현대문학》 등 평론 발표, 2010년 《시와시학》 시 등단. 시집 『그
리움 베리에이션』. 저서 『미당 서정주 평전』 『현대시에 나타난 불교』 『허무의
꽃』 등 다수. 현대불교문학상, 질마재문학상, 동국문학상, 유심작품상 등 수상.

이 령 2013년 《시를사랑하는사람들》 등단. 시집 『시인하다』 『삼국유사대서사
시-사랑편』. 저서 『대왕소나무本발화법』 『문두루비법을 찾아서』. 경주문학상,
시산맥시문학상, 한춘문학상, 직지콘텐츠문학상 수상. 아르코창작기금 수혜.

이서연 1991년 《문학공간》 시, 2019년 《문학과의식》 평론 등단. 시집 『산사에
서 길을 묻다』 『내 안의 그』 등. 수필집 『그리움으로 가는 편지』 등. 제13회 한
국문학백년상 등 수상.

이선녀 2013년 월간 《한국문단》 시조 등단. 시조집 『시조꽃이 피었습니다』
『별세계를 엿보는가』(공저). 낭만시인문학상 대상, 라온시조상 수상.

이순희 2002년 《심상》 등단. 시집 『꽃보다 잎으로 남아』 가곡 독집 『어디로 가

는가』, 『아무島』. 동국문학상, 애지문학상, 한국창작문학상 대상 수상.

이어진 2015년 《시인동네》 등단. 시집 『이상하고 아름다운 도깨비 나라』 『사과에서는 호수가 자라고』.

이연숙 1996년 《도서출판 뿌리》 등단. 시집 『가끔은, 나도 당신을』 『철지난 모퉁이에서 피는 꽃도 아름답다』.

이영경 2023년 《신문예》 등단. 시집 『눈꽃』 등. 인사동시인협회 이사.

이용하 2019년 《문학과창작》 등단. 시집 『너는 누구냐』.

이윤학 1990년 한국일보 신춘문예 등단. 시집 『나를 위해 울어주는 버드나무』 『나보다 더 오래 내게 다가온 사람』. 산문집 『시를 써봐도 모자란 당신』 등. 김수영문학상 등 수상.

이혜선 1981년 《시문학》 등단. 시집 『흘린 술이 반이다』 『새소리 택배』 등. 저서 『이혜선의 시가 있는 저녁』 『아버지의 교육법』 등. 윤동주문학상, 동국문학상 등 수상. 세종도서 문학나눔(2016).

이희경 2022년 《시사문단》 수필 등단.

임보선 1991년 《월간문학》 등단. 저서 『내 사랑은 350℃』 『솔개여, 나의 솔개여』 『청소년을 위한 사랑시 모음』. 제29회 동포문학상, 장금생문학상 수상.

임정숙 1998년 《월간문학》 등단. 저서 『남대천 연어를 위하여』 『건봉사 가는 길』 『겨울들어 우는 날이 부쩍 늘었다』 등. 양양군청 명예군민패 수상, 노원문학대상 등 수상.

정민나 1998년 《현대시학》 등단. 시집 『E 입국장, 12번 출구』 『지구 스타일러』 등. 시론집 『정지용 시의 리듬양상』 『파동이 신체를 주파한다』 『유동과 생성의 문학』 등.

정숙자 1988년 《문학정신》 등단. 시집 『공검 & 굴원』 『액체계단 살아남은 니체들』 등. 산문집 『행복음자리표』 『밝은음자리표』. 동국문학상, 김삿갓문학상 등 수상.

정우림 2014년 《열린시학》 등단. 시집 『살구가 내게 왔다』 『사과 한 알의 아이』

『코카서스 할아버지의 도서관』.

정윤서 2020년 《미네르바》 등단. 웹진 시인광장 편집위원.

정일주 1999년 《시대문학》 수필, 2019년 《스토리문학》 시 등단. 저서(공저)
『창문』『문향』 등.

정지윤 2015년 경상일보 시, 2016년 동아일보 시조 당선. 2014년 창비어린이
동시 등단. 시집 『나는 뉴스보다 더 편파적이다』. 시조집 『참치캔 의족』『투명
한 바리케이드』. 동시집 『어쩌면 정말 새일지도 몰라요』『전달의 기술』.

정희성鄭羲成 필명 정희언. 1993년 《현대시》 등단. 시집 『중섭 아재처럼』 등. 동
국문학상 수상. 동국대학교 · 글로사이버대 겸임교수(1999~2024). 현재 미당
시문학관 사무국장.

조미경 2017년 《국보문학》 시, 소설, 2018년 《국보문학》 수필 등단. 시집 『여
백』. 소설집 『사랑에도 비밀은 있다』『몽마르트 언덕』(공저) 등. 향원문학상 대
상(소설), 한국문학신문 문학상 대상(소설), 기행문학상 대상(수필), 우주문학
상, 제1회 서울국보문학상(소설) 등 수상.

조병무 1965년 《현대문학》 등단. 문학평론집 『가설의 옹호』 등. 시집 『꿈 사설』
『숲과의 만남』 등. 수필집 『내 마음 속의 숲』 등. 현대문학상, 윤동주문학상, 국
제펜문학상, 녹색문학상 등 수상.

주선미 2004년 《홍주문학》으로 작품활동 시작, 2017년 《시와문화 》 등단. 시
집 『지도에 없는 방』 등. 청양문학상 수상. 현재 충남작가회의 편집주간, 시와
문화 부주간.

주원규 1977년 《현대문학》 등단. 시집 『切頭산 시편』『문득 만난 얼굴』 등. 한
국기독시문학상 본상, 한국문학100년상 등 수상. 서울詩壇 대표 역임. 한국한
국문인협회 자문위원.

지연희 1983년 《월간문학》 수필, 2003년 『시문학』 시 등단. 시집 『메신저』『숨
결』 등. 제30회 동국문학상, 조경희수필문학상, 한국문학상 수상.

차옥혜 1984년 《한국문학》 등단. 시집 『비로 오는 그 사람』『말의 순례자』『호

밀의 노래』 등. 경기펜문학대상, 산림문학상, 현대시인협회상 등 수상.

최민초 1991년 《한국수필》 수필, 2001 《한국소설》 소설 등단. 단편 소설집 『자네 왜 엉거주춤 서 있나?』 『아내의 스무 살』. 중단편 소설집 『꽃지에서 길을 잃다』 『하얀 정사』 등. 장편 소설 『바람꽃』. 수필집 『두꺼비와 유월 소』. 한국소설 작가상, 한국문학인상 수상.

최병호 2021년 《열린시학》 등단. 현재 웹진 시산맥 편집장.

최승철 2002년 《작가세계》 등단. 시집 『갑을시티』 『키위도서관』 『신들도 당신처럼 외로움을 느낄 때』 『교집합』.

최영록 2008년 《시와시학》으로 등단. 시집 『섬 휘파람새, 산골에 사는 까닭』 등. 한시집, 시조집, 산문집, 기행집, 시사집, 평론집 등 다수. (사)한국문학인협회 문예대상(시) 수상, 문체부장관상 수상. 중국 북경대 문학박사.

최 원 1960년 조선일보 등단. 시집 『일요일 그 아침에』 『푸른 노을』. 경남매일신문 대표이사 역임.

한백향 2024년 동아일보, 세계일보 등단.

허진석 1985년 《현대시학》 등단. 시집 『타이프라이터의 죽음으로부터 불법적인 섹스까지』 『X-레이 필름 속의 어둠』 『아픈 곳이 모두 기억난다』. 제33회 동국문학상, 제23회 한국시문학상 수상.

홍신선 1965년 《시문학》 등단. 시집 『우연을 점찍다』 『삶의 옹이』 『가을 근방 가재골』 등. 시선집 『사람이 사람에게』 등. 노작문학상, 현대문학상, 김달진문학상, 한국시인협회상 등 수상.

황사라 2023년 전북일보 시 등단.

휘 민 2001년 경향신문 시, 2011년 한국일보 동화 당선. 시집 『중력을 달래는 사람』 『온전히 나일 수도 당신일 수도』 『생일 꽃바구니』. 동화집 『할머니는 축구 선수』. 동시집 『기린을 만났어』. 그림책 『빨간 모자의 숲』 『라 벨라 치따』 등. 미네르바문학상 수상.

— 산문 —

박인걸 2010년 《국제문예》 수필, 2017년 《한빛문학》 시 등단. 장편소설 『대한민국의 몰락과 부활1』. 시집 『마음의 향기를 그대에게』(비매품).

신상성 1979년 동아일보 소설 등단. 소설 『목불』 등. 평론 『한국소설사의재인식』 등. 번역서 『회귀선』 등. 경기도문화상, 동국문학상, 한국문학상, 중국장백산문학상 등 수상. 현재 한반도문학 발행인.

유혜자 1972년 《수필문학》 등단. 수필집 『자유의 금빛날개』 『손의 온도는』 등 12권. 음악에세이 『음악의 페르마타』 등 6권. 흑구문학상, 조경희수필문학상, 한국문학상, 김태길수필문학상 등 수상.

이명지 1993년 《창작수필》 등단. 수필집 『육십, 뜨거워도 괜찮아』 『헤이, 하고 네가 나를 부를 때』 『중년으로 살아내기』. 그림수필집 『낮술』. 논문집 〈전혜린 수필 연구〉 등. 한국산문문학상, 조연현문학상, 동국문학상, 창작수필문학상 수상.

이상문 1983년 《월간문학》 등단. 창작집 『살아나는 팔』 『은밀한 배반』 『이런 젠장맞을 일이』 등. 장편소설 『황색인』 『계단 없는 도시』 『늪지대 저쪽』 『춤추는 나부』 등. 르포집 『베트남별곡』 『혁명은 끝나지 않았다』. 윤동주문학상, 동국문학상, 한국PEN문학상, 한국소설문학상 등 수상.

이신백 2010년 《수필시대》 등단, 대통령상, 문교부장관상, 농림수산부 장관상, 문화체육부장관상, 서울시장상, 86서울아시안게임조직위원장상, 88서울올림픽기장 등 수상.

이흥수 2014년 《문파문학》 등단. 수필집 『소중한 나날』. 제19회 세계문학상 수필 부문 본상 수상.

임순월 2002년 《문학21》 수필 등단. 인도여행기 『부엌에서 인도까지』.

허정자 1984년 《한국수필》 수필 등단. 수필집 『강물에 비친 얼굴』 『작가의 방』

등. 신곡문학상, 한국수필문학상, 동국문학상, 국제펜 아카데미문학상 등 수상. 대구여성문인협회, 대구펜 고문, 한국수필가협회 부이사장.

— 꽁트 —

이은집 1971년 창작집 『머리가 없는 사람』으로 작품활동 시작. 저서 『한국인 멸종』 『트롯 킹 국민가수』 『청산별곡』 등 다수. 한국문학신문문학상. 한울문학상, 여수해양문학상, 무궁화문학상 등 수상. 현재 한국문인협회 부이사장. 계간지 문예빛단 발행인.

동국문학인회 역대 회장

서정주(徐廷柱) 1979~1980년(시, 작고)

이원섭(李元燮) 1981~1982년(시, 작고)

황　명(黃　命) 1983~1984년(시, 작고)

송　혁(宋　赫) 1985~1986년(시, 작고)

강　민(姜　敏) 1987~1988년(시, 작고)

이형기(李炯基) 1989~1990년(시, 작고)

송원희(宋媛熙) 1991~1992년

송원희(宋媛熙) 1993~1994년

홍기삼(洪起三) 1995~1996년

조상기(趙商箕) 1997~1998년(시, 작고)

문효치(文孝治) 1999~2000년

홍신선(洪申善) 2001~2002년

박제천(朴堤千) 2003~2004년(시, 작고)

박제천(朴堤千) 2005~2006년(시, 작고)

박제천(朴堤千) 2007~2008년(시, 작고)

이상문(李相文) 2009~2010년

이원규(李元揆) 2011~2012년

류재엽(柳在燁) 2013~2014년

이혜선(李惠仙) 2015~2016년

이혜선(李惠仙) 2017~2018년

장영우(張榮愚) 2019~2021년

김금용(金金龍) 2021~2023년

김금용(金金龍) 2024~

동국문학인상 역대 수상자

2005년 동국문학인상 강민(시, 작고)
2006년 동국문학인상 최제복(시, 작고)
2007년 동국문학인상 송원희(소설)
2011년 동국문학인상 홍기삼(평론)

동국문학상 역대 수상자

제1회(1988년) 신경림(시, 작고)
제2회(1989년) 김문수(소설, 작고)
제3회(1990년) 조정래(소설)
제4회(1991년) 박정희(시), 송 도(수필)
제5회(1992년) 박제천(시, 작고), 이상문(소설)
제6회(1993년) 김규화(시, 작고), 정채봉(동화, 작고)
제7회(1994년) 문효치(시), 이원규(소설)
제8회(1995년) 홍신선(시), 김용철(소설), 윤형두(수필, 작고)
제9회(1996년) 김정웅(시), 이계홍(소설)
제10회(1997년) 조상기(시, 작고), 신상성(소설), 조병무(평론)
제11회(1998년) 홍희표(시, 작고), 이국자(소설, 작고)
제12회(1999년) 정의홍(시, 작고), 호영송(소설)
제13회(2000년) 박진환(평론)

제14회(2001년) 문정희(시)

제15회(2002년) 박　찬(시, 작고)

제16회(2003년) 강희근(시), 김강태(시, 작고)

제17회(2004년) 신용선(시, 작고), 송정란(시)

제18회(2005년) 신규호(시), 이경교(시, 평론)

제19회(2006년) 윤제림(시), 류재엽(평론)

제20회(2007년) 하덕조(시), 유혜자(수필)

제21회(2008년) 이윤학(시), 장영우(평론)

제22회(2009년) 장순금(시), 류근택(시)

제23회(2010년) 공광규(시), 정찬주(소설)

제24회(2011년) 이혜선(시), 박혜경(평론)

제25회(2012년) 고명수(시), 허정자(수필)

제26회(2013년) 김금용(시), 박성원(소설)

제27회(2014년) 허혜정(시), 유한근(평론)

제28회(2015년) 서정란(시), 정희성(시)

제29회(2016년) 이순희(시), 송희복(평론)

제30회(2017년) 김현지(시), 이우상(소설), 지연희(수필)

제31회(2018년) 윤고방(시), 윤효(시), 이경철(평론)

제32회(2019년) 정숙자(시), 동시영(시), 이명지(수필)

제33회(2020년) 허진석(시)

제34회(2021년) 김창범(시), 김택근(수필), 성낙주(수필, 작고)

제35회(2022년) 윤고은(소설)

제36회(2023년) 박판식(시)

제37회(2024년) 박소란(시)

동국시집 제51호

이 길이 선물이 아니라면

종이책 발행	2024년 12월 20일
전자책 발행	2024년 12월 20일
엮은이	동국문학인회(회장 김금용)
펴낸이	고미숙
펴낸곳	쏠트라인saltline
신고번호	제 2024-000007호 (2016년 7월 25일)
등록번호	206-96-74796
제작처	04549 서울특별시 중구 을지로18길 24-4
	31565 충남 아산시 방축로 8
이메일	saltline@hanmail.net
배포처	도서총판 운주사
ISBN	979-11-92139-72-2 (03810)
값	12,000원